ぼくらの大冒険

宗田 理

角川文庫
18713

目次

1　狼《おおかみ》少年ごっこ

1

三月になっても、真冬のように寒い日がつづいた。そのうえ風が強いのだから、冬よりたちがわるい。

菊地英治《きくちえいじ》は、背中を丸め、足元だけを見つめて先を急いだ。

きょう寝すごしたのは、英治よりは母親の詩乃《しの》の責任である。きのう寝る前に、あしたの朝は七時に起こしてくれと言ったのに、詩乃は目覚まし時計の鳴る音に気づかなかった。

起こされたのは七時四十分。だから朝食をとる時間もなかった。

「おーい」

うしろから声がした。振り向くと相原徹《あいはらとおる》が手を挙げて走ってくる。

「急げ！　ヤバイぞ」

英治が小走りになると、

「待てよ。どうせ、もういくら急いだって遅刻だ」

やっと追いついた相原は、息をはずませながら言った。

「遅刻はトラック十周だぞ」

「上等じゃねえか。それだけ走りゃ、あったかくなるぜ」

こいつはいつもこうだ。英治は次の言葉がなくなったので、しかたなく相原と歩くことにした。

「もうじき一年も終わりだな」

相原はジャンパーの袖口《そでぐち》で額《ひたい》の汗を拭《ぬぐ》った。

「うん、いろんなことがあったよな」

顔を上げると、葉の落ちた街路樹の枝の間から、青い空がひろがっていた。

七月の終り、荒川河川敷《あらかわかせんしき》の近くにある廃工場を解放区にして、七日間たてこもった。

あのとき見た空も、きょうと同じように青かった。

「おれたちの解放区か……」

「老稚園《ろうちえん》もおもしろかったぜ。瀬川《せがわ》さんどうしてるかな。このごろ会ってないけど」

英治は、はじめて廃工場で瀬川と会ったときのことを思い出した。あのときは死体だと思って、腰が抜けそうなほどびびったものだ。

「またどこかでヤサグレしてんだろう」

「こんなに寒いのに大丈夫かなぁ」

ふっと、どこかで行き倒《だお》れになっている姿が頭の隅《すみ》をかすめた。

「大丈夫さ。あのひとは戦争の生き残りだから」

そういえば瀬川は、おれたちの仲間で弱いやつはみんな死んじまった。生き残ったのは格別強いやつばかりだと言った。

——それなら大丈夫だ。

学校が見えてきた。校門に教師が立っているから、ここだけはかっこうつけて走らなければならない。

二人とも全力疾走《しっそう》で校門を走り抜けた。

「待てぇ」

うしろで、英治の担任森嶋《もりしま》がどなっている。

「なんですかぁ？」

二人とも速度をゆるめて、うしろを振り向いた。

「なんですかじゃない。規則はわかってるだろう」

「わかってます。だから、これから走ろうと思って……」

「よし、じゃあ十周だ」

英治と相原は、かばんをその場に放り出すとトラックをまわりはじめた。

「おーい、菊地、相原ぁ」

八組の窓から天野司郎《あまのしろう》と日比野朗《ひびのあきら》が身を乗り出してどなっている。すると四組の窓から柿沼直樹《かきぬまなおき》と堀場久美子《ほりばくみこ》も顔を出した。

つづいて、あちこちの窓からいっせいに顔があらわれる。

「がんばってぇ」

あの甲高《かんだか》い声は橋口純子《はしぐちじゅんこ》にちがいない。

英治と相原は、窓に向かって、走りながら手を振った。

「これじゃ、オリンピックで優勝した気分だぜ」

相原は校舎に向かって一礼すると、次には両手を高だかと挙げた。

「おまえ、のりすぎだぞ」

英治が言ったとたん、

「こらあッ」

と言う声とともに、武道館から剣道着姿の鬼丸源八郎《おにまるげんぱちろう》が竹刀《しない》を振りかざして飛び出てきた。

鬼丸源八郎は元警察官で剣道の講師をしている剣道五段、武道館ができると同時に、校長が引っ張ってきたのだ。

足が短くて、歩き方がペンギンにそっくりなので、皇帝ペンギンというあだなである。

「ペンギン、もっと速く走らねえとつかまんねえぞ」

だれかがどなった。ペンギンは鈍足だから、つかまる心配はない。

二人は、ときどきうしろを振り向いては逃げた。

「鬼さんこちら、手の鳴る方へ……」

窓では大合唱だ。森嶋が鬼丸をとめた。

「二人ともいい加減にして教室へ行け」

「まだ五周しかしてません」

英治は殊勝《しゅしょう》な顔をして見せた。

「いいから教室へ行け」

「でも、規則は規則です」

こんどは相原がまぜかえす。

「いいから戻《もど》れ」

このへんが限界である。二人はかばんを拾って教室へ向かった。

「菊地と相原。二人ともきょうの部活をさぼるんじゃないぞ」

鬼丸が背中から一刀《いっとう》を浴びせてきた。

「こいつはヤバイぞ」

鬼丸に思いきり面を入れられたら、ぶっ倒《たお》れそうになる。小手《こて》もそうだ。手がしびれて思わず竹刀を取り落とす。

「面と小手の裏にショック防止の何か入れりゃいいんだ」

「そうか。だけどそんなものあるか？」

「あるさ」

相原はにやにやしている。

「なんだよ」

「アレさ」

「アレじゃわかんねえよ」

「ほら、女子生徒が生理のときにつかうやつさ」

そういえば、女子生徒がこそこそ話しているのを聞いたことがある。しかし、英治は実物を見たことがないのでぴんとこない。

「そいつをどうするんだ？」

「面の裏に貼《は》りつけんのさ。そうすりゃ、いくら鬼丸がなぐったってへっちゃらさ」

「おまえって、すげえこと考えつくんだな。もしかしたら……」

「エッチだって言いたいんだろう」

「ちがう。天才だ」

「こんなこと、ほめられるほどのことじゃねえよ。それより、例の狼《おおかみ》少年ごっこをやりたいんだ」

「ああ、いつか言ったうそつきごっこか？」

「そうだよ。こんや、みんなでおれんちへこねえか。そのとき相談しようぜ」

「やろう。やろう」

英治は、ガスに点火したように、久しぶりに胸のあたりが熱くなってきた。

相原は一組、英治は三組である。廊下で別れて、英治は三組の教室へ入って行った。

もうみんなきていて、空いている席は英治とそのうしろの木下吉郎《きのしたきちろう》の二つだけだった。

「木下、また休んだのか？」

「そうよ。かぜだって」

三列ほど離れた席から中山《なかやま》ひとみが言った。

木下は、三学期になってやってきた転校生である。

両親といっしょにアメリカに住んでいたのだが、四月の日本転勤を前に、木下だけ一足先に、日本へ帰ってきたのだそうだ。

英治の家から五百メートルほどのところにあるマンションの二階に、おばあさんと二人で住んでいる。

アメリカに住んでいたというだけあって、英語は抜群にうまいが、あとの科目はさほどでもない。

遅れを取り戻《もど》すために、相原の塾《じゅく》に通っているので、自然に英治たちとも親しくなったが、体が弱いということで、ときどき学校を休み、体育の時間はいつも見学している。

いつだったか、英治がその理由を聞いたとき、

「ぼくの骨って、レントゲンに写らないんだ」

「ええッ、そんなことってあんのか？」

「骨が溶けていく病気なんだ。この病気は現代の医学では治らないから、あと三年の命だってさ」

と言った。そう言えば、青白くて透《す》きとおるような顔をしている。

そのことを聞いてから、英治は木下に特別の関心を抱《いだ》くようになった。

あれは、一月も終わりのひどく寒い日だった。英治と相原、それに安永《やすなが》、日比野、天野、立石《たていし》、柿沼の七人が、部活を終えて校門を出ると、向こうからひとみと純子が髪を振り乱して走ってきた。

「たいへん、たいへんよ」

ひとみはそれだけ言って胸を押さえると、あとがつづかない。

「何がたいへんなんだ。落ち着いて話せよ」

相原に言われて、純子はきれぎれに、

「木下君が、M中のやつらにフクロにされてる」

「どこで？」

「河川敷だよ」

「ヤバイ。木下はなぐられたら死ぬかも」

英治が叫ぶのと、あとの八人が走り出すのと同時だった。

河川敷に着くと、木下は六人のM中生に囲まれていた。

「待てえ！」

こういうときの安永は頼《たの》もしい。真っ先に堤防《ていぼう》を駆《か》け下りる。男子六人がそのあとにつづいた。

「こいつは病人だ。手出ししたら死ぬぞ。そうなったらてめえら人殺しだ。それでもいいのか」

安永が一歩前に出ると、M中のグループから、いちばんでかいやつが出て来た。

「おれはM中の番長内山《うちやま》だ。こいつがほしいなら、おれとタイマンで、けりをつけようぜ。もしおれに勝ったらくれてやらあ。そのかわり、おれが勝ったらフクロにする。

おまけにそのふとったブタもかわいがってやるぜ」

内山は日比野を指さした。とたんにM中の連中が、

「ブタの丸焼きにしようぜ」

と、はやし立てた。日比野は、一歩うしろへさがった。

「よし、タイマンで受けた。みんな、手出しするなよ」

安永は、ゆっくりと上着を脱《ぬ》いだ。英治の心臓は激しく鳴り出し、音がみんなに聞こえそうになった。それなのに、安永の落ち着きようはどうだろう。

勝負はあっけなくついた。安永の蹴《け》りが内山の顎《あご》にきまると、内山は簡単にのびてしまった。

「つれてけよ。死んじゃいねえから大丈夫だ。川につけてやりゃ、すぐ息を吹きかえす」

堤防の上で拍手《はくしゅ》が聞こえた。いつの間にか堀場久美子がきていた。

M中の五人は、内山をかついで逃げるように帰って行った。

「安永君、かっこよかった」

久美子はまるで酔《よ》ったような目で安永を見つめている。

英治も、こんなかっこいいところを女子生徒に見せてやりたいと思った。

そういうことがあって、木下は英治の仲間とは特に親しくなった。

英治は仲間たちと、木下の命があと三年しかないことは、決して口に出さないと誓《ちか》い合ったが、木下が明るくふるまえばふるまうほど、そのことが心のどこかにとげのように突き刺《さ》さって、ちくりと痛むのであった。

2

その夜七時、相原徹の家に集まったのは、菊地英治、宇野秀明《うのひであき》、中尾和人《なかおかずと》、小黒健二《おぐろけんじ》、安永宏《ひろし》、谷本聡《たにもとさとし》、立石剛《つよし》、柿沼直樹、天野司郎、日比野朗の男子生徒十人と、中山ひとみ、橋口純子、堀場久美子、朝倉佐織《あさくらさおり》の女子生徒四人、合計十四人だった。

二学期になってクラスをばらばらにされてから、こうしてむかしの仲間が十四人も集まったのははじめてである。

「思い出すぜ、七日間戦争をやったおんぼろ工場を。あそこは暑かったなぁ」

安永が言うと天野が、

「おれ、もう一度プロレスの実況《じっきょう》放送がしてみてえよ」

「あのときのトドったらなかったねぇ」

久美子が言ったとたん、みんな腹をよじるようにして笑いころげた。

「天使ゲームもおもしろかったぜ。幽霊屋敷《ゆうれいやしき》の人間釣り」

宇野がヤクザの安藤《あんどう》の顔に、釣針をひっかける様子を、身振り手振りで再現して見せた。また爆笑《ばくしょう》である。

そのとき、ドアが細目にあいて、木下吉郎がまるで風みたいに入って来た。

「木下君、どうしたの？」

最初に言ったのはひとみである。

「ぼくはいつものように勉強しにきたんだけど、あんまりにぎやかだったから、外で立っていたんだ。だけど寒くなっちゃったから……」

木下はいつもより、いっそう青い顔色をしている。

「あなた、かぜじゃなかったの？」

「うん。でも大したことない」

「そうか。じゃあ、おまえをおれの仲間たちに紹介《しょうかい》するよ」

英治は木下の肩に手をかけて、

「まだ知らないのがいると思うけど、こいつ、木下吉郎ってんだ。藤吉郎《とうきちろう》ならえらいけれど、体が弱くて、あと三年しか命がねえんだって」

言ったとたん、それまでざわざわしていた一座が、しんと静まりかえった。

英治は、しまったと思った。

「といっても、そう深刻がることはねえよ。こいつは三年しかねえこと諦《あきら》めてんだから。な」

英治が肩をそっとたたくと、木下は、「うん」と言ってから、

「この間は、ぼくを助けてくれてありがとう」と、安永に頭を下げた。

「あのぐれえなことで、いちいち礼なんかすんなよ。照れくせえじゃんか」

安永は、ほんとうに照れくさそうに顔をそむけた。

「木下、おまえ体は動かせなくても、頭は動かせるだろう？」

相原が聞いた。

「うん」

木下は、なんのことかわからないので、あいまいにうなずいた。

「それじゃ、おれたちの仲間に入れる。みんな異議ないか？」

「ないよ」

みんながいっせいに答えた。

「じゃあ知らないのは順に自己紹介してくれ」

相原に言われて、木下を知らない連中が次々に自己紹介をすませた。

「よし、では、こんやみんなに集まってもらったわけを話そうと思う。それは、もうみんなもわかってると思うけど、天使ゲームが終わったとき話した狼少年ごっこだ」

「いよいよやるのか？」

小黒が目を輝《かがや》かせた。勉強のことしか頭になかった小黒も、いまはすっかり変わってしまった。

「もうすぐ、おれたちは一年が終わってしまう。それまでにやっておきたいんだ。賛成の者は手を挙げてくれ」

木下を除く全員が、「賛成」と、手を挙げた。

「狼少年ごっこってなに?」

木下が英治に小声で聞いた。

「みんなの話すこと聞いてりゃ、自然にわかる。つまり、どうやっておとなをだますかってことさ」

「そんなことやっておこられないか?」

「もちろんおこられるさ。そこがおもしろいんじゃねえか」

「わかる。でも、ちょっと怖《こわ》いな」

「そのスリルがたまんないんだよ」

久美子が言うと、木下は信じられないという目でみつめた。

「そんな目でみないでよ、テンション下がるじゃん。木下君って、おとなをからかったことないの?」

「ないよ、そんなこと」

「おもしろいよ。やってごらん。いっぺんで病みつきになるから」

「へえ」

「アメリカ帰りにはわかんないんだ。でも、そのうちわかるさ」

英治には自信があった。

「まず、最初にやっつけたいやつを言ってくれ」

相原はみんなの顔を順に見てゆく。中尾が手を挙げた。

「うそつきをやっつけようぜ」

「うそつきに、うそをつくんなら、やられたって文句言えないよな」

「そんなのどこにいる?」

純子が言った。

「まわりに、うようよいるじゃんか」

「あたしたち?」

純子はひとみと顔を見合わせた。

「ちがう。えらいやつさ。政治家とか役人とか。この間だって、文部省のいちばんえらい役人だったのがうそついただろう」

「知らない」

純子は首を振った。

「ちっとは新聞も読めよ。総理大臣とか、えらい役人なんかが、株をこっそり分けてもらって何千万円も儲《もう》けたんだ。それなのにばれたら、おれは知らない、秘書がやったとか言ってとぼけてるんだ」

「きたない！」

「そいつら、みんな欲深だから、儲かる株があるって言ったら、飛びついてくるんじゃねえのか」

天野が言うと中尾が、

「株はこりてるから、もうのっからねぇだろう。それに、大臣じゃ、ちょっとおれたちには無理だ」

「無理ってことはないと思うな」

中尾は相原の顔を見つめた。

「そりゃあ、おれたち子どもが大臣に電話したって信じやしねぇだろう。だけど、あいつらにもアキレス腱《けん》はある」

「アキレス腱って何？」

純子が聞いた。

「アキレスというのはギリシャ神話の英雄で不死身なんだ、ところが、たった一つの弱点はかかとだ。そこを射られて死んでしまった。つまり弱点ということさ」

「中尾君、さすがぁ」

純子は手をたたいた。

「このくらい常識さ」

中尾は醒《さ》めた顔で言った。

「政治家のアキレス腱ってなんだ?」

英治は相原に聞いてみた。

「選挙区さ。代議士ってのは選挙に勝たなきゃなれねえことは知ってるだろう」

「うん」

相原があたりまえのことを聞くので、英治はむっとした。

「そのために代議士というのは、自分の選挙区の人には、といっても有力者だけど、すごく大事にするんだ」

「大事にって、何するの?」

ひとみが聞いた。

「たとえば、自分の息子を大学に裏口入学させてくれとか、就職させてくれとかって頼まれると、いやとは言えねえんだよ」

「代議士って、そんなことまでするの?」

「そうさ。わるい代議士がいるんだ。そういうサービスをやらないと、次の選挙に落っこっちゃうんだ」

「変な話」

「だろう。だから代議士には秘書もたくさんいるし、金もかかるんだ」

「そうか、それでわるいことするんだ」

「そういうこと」

「相原の言いたいことはわかったぞ。選挙区の人間だと言って行けば、代議士に会うことはできるってわけだ」

柿沼は、黒板の前で数学の問題を解いたときのような、得意げな顔をした。

「正解。ただし、子どもでは無理だ」

「さよばあちゃんにでも頼んだら」

佐織が言った。

「そういえば、あのおんぼろアパートすっかり変わっちゃったな」

「こんどは三階建てだからね」

「佐織んちの老稚園も、これでつぶれずにすむってわけか」

「このごろじゃ、入園待ちよ」

銀の鈴《すず》幼稚園を老稚園にして開園したのは、去年の敬老の日、九月十五日のことだった。

「へえ、おどろいた。おれもいまから予約しとこうかな」

日比野が言うと安永が、

「おまえは予約する必要ねえよ」

「どうして？」

「デブだから、老人になる前にころりさ」

みんなが笑った。

「お前だって、交通事故で死ぬってこともあるぜ」

日比野が言うと、安永はなぜかしゅんとなった。

「老稚園のおじいさんとおばあさんにやってもらうってのはいい案だぜ」

それまでじっと考えこんでいた相原が言った。

「そうだろう、そうだろう。おれはきょう冴《さ》えてんだ」

柿沼は、まるで男のファッションモデルがやるようなポーズをして見せた。

3

「では、まずだれに、何をやるか決めようぜ」

「文部省のえらいやつってのはどうだ？」

立石が相原に聞いた。

「あいつは、こんど代議士選挙に出ようって準備してるとこだ。たしか九州から出るはずだ」

「東京にも事務所をただで借りてるって、新聞に書いてあったぜ」

中尾が言った。

「そうか、そいつはおもしろい。何かやれそうだな」

相原の目が光った。

「文部省のいちばんえらいやつなら、大学の裏口入学なんてできるんじゃねえか」

「カッキー、おまえ医学部に裏口で入ろうとしてんじゃねえのか?」

安永が柿沼の顔をのぞきこむ。

「おれは医者にはならねえ」

「ならねえじゃねえ、なれねえんだ」

みんなが笑ったので柿沼はくさった。

「カッキーの頭は、たしかに冴えてる。裏口入学はタイミングがいい」

「それみろ。わかるやつはわかるんだ」

相原にほめられて、柿沼はガッツポーズをした。

「どうしてタイミングがいいの?」

佐織が聞いた。

「いま三月のはじめだろう。私立大学の入学試験は大体終わってる。だから、うちの孫はみんな落っこっちゃったけど、お金はいくらでも出すから、どこでもいい、入れてほしいって頼みに行くんだ。石丸《いしまる》なら、きっとできる」

「そいつ、石丸って言うのか？」

柿沼が聞いた。

「うん。医学部がいいな。金額が大きいから」

「医学部だとどのくらいいるんだ？」

天野は柿沼の顔を見た。

「五千万円はいるって話だ」

「じゃあ、おまえのおやじ、おまえのためにせっせと五千万円貯金してんのか？」

「だから、おれは医学部には行かねえって言ってるだろ」

「カッキーをそういびるな。五千万円はいいな。じゃあ医学部にしよう」

「相原君、簡単に言うけど、五千万円のお金、どうするの？」

純子はひとみと顔を見合わせた。

「もちろんつくるさ。ただし新聞紙で」

「わかった。新聞紙で札束つくって、いちばん上の一枚だけ本物をのっけるんだろのう？」

小黒が言った。

「いいか、五千万円っていうと、一千万円の札束が五個だ。そうすると、一枚ずつのせても五万円いる。そんな金ねえよ」

「だけど、見せなきゃ信用しねえだろう」

「うん、だから見せる前に盗《と》られちゃえばいいんだ」

「盗られる？」

日比野は、かじっていたクリームパンをのどにつまらせそうになった。

「そうさ。五千万円の入ったかばんをあけようとする。そこに強盗《ごうとう》があらわれて持ってっちまうんだ」

「そうか強盗か。裏口入学の金じゃ警察に届けるわけにいかないよな」

中尾は何度もうなずいた。

「どうだ、グッドアイディアだろ」

「たしかにいいけど、そのあとどうするの？　それだけじゃ、元悪徳役人をやっつけられないと思うけど」

佐織が首をひねった。

「そこもちゃんと考えてある。ほんとうは、裏口入学できないんで、金だけ盗ろうと仕組んだにちがいない。罠にはめられたって警察に言ってやる。こう言ったらどうする？」

　相原は自信たっぷりにみんなの顔を見まわした。

「そいつは困るぜ。そんなこと言われたら、選挙に出れなくなっちゃうもんな」

　宇野は、言いながら楽しそうに笑った。

「そういうやつは、代議士なんかにならねえほうが世の中のためさ」

「安永が世の中のためって言うとおかしい」

　英治は吹き出した。

「じゃあ、そういうことで瀬川のじいさんに頼んでみるけどいいか？」

　相原はみんなの顔を見まわした。

「賛成」

　全員が手を挙げた。

「よし、じゃあ今夜はこれで解散だ」

　三月の夜は寒い。相原の家を出た英治は、みんなと別れを言い合った。

　ほんとうは駆け出したいのだが、木下がいるので、しかたなしにゆっくり歩いた。

　とうとう二人だけになってしまったとき、

「先に走って行ってもいいよ」

と、木下が言った。そう言われて、木下をおいてきぼりにするわけにはいかない。

「いいよ」

英治は、いっそう背中を丸くした。

「みんな、いい連中だなぁ」

木下が空を見上げるようにして言った。

「そうだろう。だけど、こんなふうになれたのは、夏休みにみんなで工場に立てこもってからだ。楽しかったぜ」

「ぼくもやりたかったなぁ」

「その体じゃ無理だよ。なんとか治る方法ないのか？」

「だめだ。ぼくは諦《あきら》めてるよ」

「諦めることはねえさ」

「君がそう言ってくれるのはうれしいけど、これはぼくの運命なんだ」

木下にそう言われると、英治には返す言葉がない。

「菊地君、君ＵＦＯ見たことあるか？」

空を見上げていた木下が唐突《とうとつ》に聞いた。

「ない」

「君はＵＦＯの存在を信じるか？」

「そりゃあ信じるさ」

「そうか。ぼくはUFO見たことあるんだ」

「ほんとか？」

「うん。それも一度や二度じゃない」

「すっげえ、UFOって、円盤《えんばん》なんだろう」

「ぼくが見たのは、ぐるぐるまわって光るお皿みたいだった」

「どこで見たんだ？」

「一度は海、もう一度は山。ことしの夏東京でも見たことあるぜ」

「東京で……？　だって、そんなニュース聞かなかったぞ」

「そりゃそうさ。見たのはぼく一人だったんだから」

「だれもいなかったのか？」

東京で、たった一人しか見なかったなんておかしい。

英治は、木下ってやつ、ちょっとおかしいなと思いはじめた。

「いたよ。だけど、ぼくしか見えなかったんだ」

「どうして？」

「おかしいと思うだろう？」

「うん」

「それは無理ないけど、ぼくにははっきり見えたんだ。これはうそじゃない」

木下は真剣な目で英治を見つめた。

「もし、おまえの言うことがほんとなら、おまえは超能力があるんだ」

「もう三年しか命がないから、神さまが見させてくれるのかもしれないよ」

「死ぬのはいやだけど、UFOは見たいな。それ、映画で見るみたいな形か？」

「あれとはちょっとちがうけど、近くにくると、眩《まぶ》しくて目があけていられないよ」

「宇宙人は見たのか？」

「それは見てないけど、UFOを呼ぶことはできるぜ」

「ええッ、もしかして、おまえエイリアンじゃないのか？」

英治は背中がぞくぞくしてきた。

「まさか。ぼくはちゃんとした人間さ。だけどある日、夢の中で呪文《じゅもん》が浮かんだんだ。それを空に向かって唱えると、UFOがやってきたんだ」

木下は、とてもうそを言っている顔ではなかった。

「じゃあ、その呪文をいま唱えたら、UFOはやってくるか？」

「ここは場所がわるいよ。荒川の河川敷でやればくると思う。行ってみようか」

「いいよ、いいよ。こんどみんなで行くから、そのとき、UFOを呼んでくれねえか」

「いいよ」

木下は簡単に言った。

「だけど、きてもおれたちには見えねえかもな」

「それは、あるかもしれないな」

どうも、そこがインチキくさい気がする。しかし、木下は大まじめなのだ。

ほんとうに神さまが、木下にだけUFOを見せてくれるのか。それとも、木下は頭がおかしいのか。

どちらとも、英治にはわからない。

木下と別れて一人になると、あらためて空を見上げた。

まわりに高いビルがあり、そのうえ照明が明るいので、空はわずかしか見えない。

木下の言うことがほんとうだとしたら、もしUFOが見えたら、命はもう残り少ないのかもしれない。

それもいやだ。

しかし、あしたになったら、みんなには言ってみるつもりだ。

UFOを見に行こうと言えば、すぐにのってくる連中ばかりだ。

英治は家に着くまで、UFOのことしか頭になかった。

4

つぎの日、英治は早起きしたので学校にはゆうゆうと間に合った。

教室に入って行ったが、木下の姿がない。

「木下どうした？」

「からだのぐあいがわるくって休みだって」

中山ひとみは、木下のおばあさんから連絡があったとつけ加えた。

「きのうおそかったからかな」

「そうかもよ」

「わるいことしちゃったな」

英治は心配になってきた。

「あんなことくらいで病気になるなんて、普通じゃないよ」

「あいつは普通じゃねえんだよ」

UFOのことをひとみにしゃべりたい衝動にかられた。

「おーい、見てみろ」

窓から外を見ていた中尾が、振り向いてどなった。英治もひとみも窓に駆けよった。

相原が校庭を走っている。そのうしろから鬼丸が竹刀を振りかざして追いかけて行く。

「あいつ、また遅刻しやがった。しょうがねえなぁ」

きのうは鬼丸にさんざん痛めつけられたが、相原が調達してきたアレのおかげで、二人とも全然こたえなかった。

しかし、それが鬼丸の自尊心を傷つけたのは確実のはずだ。

「相原くーん、頑張ってぇ」

四組の教室で叫んでいる声は堀場久美子だ。二組の教室から橋口純子も負けずに叫んでいる。

相原が女子にもてるのは、ちょっとうらやましいけれど、これでは鬼丸をかっかさせるだけで逆効果だ。

相原とは昼の休み時間にやっと会うことができた。

「きのうの計画だけどさぁ」

相原は、英治の顔を見るなり言った。

「文部省のえらいやつをやっつけるって話か？」

「うん、あれはだめだから別のを考えよう」

「何か、ぐあいのわるいことでもあるのか？」

「あいつ、こんどの選挙には出ねえんだってさ」

「どうしてだ？」

「新聞に悪口書かれちゃったんで、どうせ、やっても勝ち目がねえかららしいぜ」

「なんだ、がっかりだな。ほかにいいのがあるのか？」

「それを授業が終わったら相談しようぜ」

「部活はいいのか？」

「それはいいって。おれ、腹が痛くなるから。もう西脇《にしわき》先生には言ってあるんだ」

相原は、ぺろっと舌を出した。

「おまえ、腹痛何回つかった？」

「三学期になって三回目だ」

「三回じゃヤバイぞ」

「おれのはストレスによる神経性胃炎なんだってさ。西脇先生がつけてくれたんだ」

「じゃあ、おれはストレスからくる頭痛にするかな」

「ストレスはもうだめだ。おれが先につかっちゃったから、絶対うそだと見破られる。それより、おばあさんが死んだって言えば……」

「おれんちにおばあさんなんていねえよ」

「じゃあ、おやじが死んだ……」

相原は、明らかに英治をからかっている。

「そうだ、いいこと考えたぞ。鬼丸をだまそう。そのほうが病気になるよりいいと思うぜ」

「鬼丸をだまして早退させちゃうのか。そいつはおもしろいな。何かいい案でもあるのか？」

「こんなのどう？」

中山ひとみが割りこんできた。

「鬼丸先生、おうちが火事です」

「ばか、そんなのにひっかかるやつがいるかよ」

相原は、一瞬あきれたようにひとみを見つめてから、急に笑い出した。

「じゃあ、坊やが誘拐されたってのは……？」

「だめだね、そんなの。家に電話すりゃすぐわかっちゃうだろ」

「鬼丸の奥さんは働いてるから家にはいませんよだ」

「そうか……。だけど、誘拐はちょっとやりすぎと思わねえか」

相原は英治の顔を見た。

「そうだな。交通事故はどうだ？」

「それはもっとわるいよ」

こんどは、ひとみがあきれた顔をした。

「いいこと考えたぞ」

英治の大声に、二人とも目を見張った。

「鬼丸に血闘状をわたすんだ」

「血闘状？　相手はだれなんだ？」

「ほら、天使ゲームのときのヤクザさ」

「あいつらは刑務所に入ってるじゃんか」

「だからさ、別の子分の名前をつかえばいいのさ。おれたちの親分とダチをよくもブタ箱に入れてくれた。このオトシマエはつけさせてもらうぜって」

「それはおもしろいな。だけど、血闘状なんかわたしたら、鬼丸はびびるんじゃねえか。あいつは案外いくじがないと見てるんだ」

「そうか……」

「血闘状っていうより、こう書けばいい。鬼丸は、あのとき全然関係なかったんだから、おれたちのだれか、たとえば、おれとおまえを引きわたしてくれって」

「引きわたしてどうするの？」

ひとみが聞いた。

「すのこでぐるぐる巻きにして荒川に流しちまう」

「きゃあ」

ひとみは派手な声をあげた。

「引きわたすのがいやなら、きょう午後三時に荒川の河川敷に来いって書けば、自分がやられるんじゃねえから行くだろう」

「そりゃ行くよ」

「そうなれば、きょうの部活は中止ってわけさ」

「やったね」

英治は思わず手をたたいた。

「よし、じゃあおれは、さっそく手紙を書くから、ひとみ、鬼丸に届けてくれるか？」

「いいよ。だけどなんて言ってわたしたらいい？」

「けさ学校に来る途中わたされたんだけど、忘れてたって言えばいいさ」

「わかった」

「あとで教室に持って行く」

相原は、みなまで言わずに走り出した。

ひとみが相原の手紙を鬼丸に届けたのは、五時間目の授業が始まる少し前だった。

「どうだった？」

と聞くと、ひとみは指で丸印をつくりながら、

「変な顔して手紙を受け取ったよ」

と言った。

五時間目は国語である。授業が始まって五分ほどしたとき、鬼丸が教室にずかずかと入ってきた。教壇の伊藤典枝《いとうのりえ》先生に耳打ちすると、

「菊地、ちょっとこい」

と言った。みんながいっせいに英治を見つめて、口ぐちに、

「何かやったのか?」

と聞く。英治は、「なんにも」と、首を振りながら、鬼丸について廊下に出た。そこには相原がいたが、英治の顔を見ると、片目をつぶって見せた。

鬼丸は無言で二人の前を行く。

「ばれたのかな?」

英治はちょっと心配になって、相原の耳に囁《ささや》いた。相原は黙って首を振った。

鬼丸は二人を校長室につれて行った。そこには校長の三宅音松《みやけおとまつ》がいて、二人を見ると、

「座りたまえ」と、ソファを指さした。

英治はそのとき、ちらっと校長の顔を見たが、別に険しい表情ではないので安心し

た。

「実はさっき、鬼丸先生のところへ妙な手紙がきた」

校長は手に持った封筒をひらひらさせた。この中に相原の手紙が入っているにちがいない。

「君たちが老稚園で大活躍してくれたことを私はたいへん誇りに思っている」

「はい」

英治と相原は、なんとなく頭を下げた。

「そこで聞きたいんだが、君たちはあれから例のヤクザの仲間に脅迫されたことはないか？」

「いいえ、別に……」

英治は相原と顔を見合わせ、同時に答えた。

「そうか、私もそのことは全然心配していなかったのだが、きょうそのヤクザの仲間らしい男から、君たちを引きわたせという手紙がきたのだ」

「ええッ」

相原が派手な声を出したので、英治もあわててまねをした。

「心配することはない。引きわたせと言われて、引きわたすようなまねはせん」

鬼丸がかっこつけて手を振って見せた。英治は思わず吹き出しそうになった。

「ほんとうは警察に言ったほうがいいのだが、それでは大袈裟《おおげさ》になるので、きょうのところは鬼丸先生が会ってくださることになった」

「先生、大丈夫ですか？」

相原はぬけぬけと聞く。

「大丈夫だ。おれは鉛筆一本あれば、だれにも負けん」

鬼丸は、太い腕をぴしゃぴしゃたたいた。

「きょう、どこで会うんですか？」

「中山ひとみの家〝玉すだれ〟だ」

「ぼくたちも行きましょうか？　何時ですか？」

「会うのは三時だが、君たちがくるなんてとんでもない。君たちは真っ直ぐ家に帰りたまえ。だれか先生について行ってもらったほうがいいかな」

校長の表情は真剣である。

「いいえ、けっこうです。みんなといっしょに帰りますから」

相原と目が合った。苦しそうに、顔を真っ赤にして息を止めている。こうしてないと吹き出してしまうからだろう。

「よし、では教室に帰って授業を受けたまえ」

校長が言った。

「鬼丸先生、きょうの部活はどうなりますか？」

相原は、聞かなくてもいいことを聞く。

「きょうは中止だ。みんなにそう言っておけ」

「はい」

二人は職員室を出ると、大きく深呼吸をした。ほんとうは、ここで大声をあげて笑いたいところだが、それができないのがつらい。

「やったぜ」

おたがいに肩をたたき合いながら、それぞれの教室に入って行った。

5

校門を出るとき、担任の森嶋幹生《みきお》が、

「送って行ってやろうか」

と言った。英治と相原のまわりには、安永、柿沼、立石、天野、谷本、日比野。それに久美子、純子、ひとみの九人がいる。

「これだけいりゃ大丈夫すよ」

安永は胸を張った。

「そうか。じゃあたのんだぞ」

森嶋は簡単に引っこんだ。

途中で、ひとみだけが自分の家へ帰るために別れた。

「ひとみ、おれが電話するから、鬼丸の様子おしえてくれよ」

「わかったよ。ばれないようにうまくやりなよ」

「でぇじょうぶだ。まかしてくんな」

天野は、ドスのきいた声で言うと、ひとみに手を振った。

十人が相原進学塾に着くと、ほとんど同時にひとみから電話がかかってきた。

「いま鬼丸がきたよ」

「よしわかった。すぐに電話する」

相原は受話器を置くと、天野の背中をぽんとたたいて、ＯＫのサインを出した。

「水を一杯たのむ」

天野は、ドスのきいた声で、「ア・エ・イ・オ・ウ」と言ったとたん、はげしくせきこんだ。

純子が、コップに水を入れて持ってきた。それをひったくるようにして取ると、のどに流しこんだ。

「あんまり無理しねえほうがいいんじゃねえのか」

相原が不安そうな顔をした。

「わかった」

天野の声はもうすっかり別人になっている。

「じゃあ、ダイヤルまわすぞ」

相原は、ダイヤルをまわしてから、受話器を天野にわたした。天野は受話器を耳にあてた。顔が緊張している。

「もしもし。おたくに中学校の鬼丸って教師はきているかい?………いる? いたらちょっと電話に出してくんないかな」

相原がスピーカーホンのスイッチを入れたので、相手の声が聞こえてくる。

『もしもし。私が鬼丸ですが……』

「あんたが鬼丸か。わしは猫又というもんや」

『猫又? ずいぶん変わった名字ですな』

「猫又というのはな、目が猫、大きさは犬。尾が二つに分かれ、化けて人に害をあたえる怪獣や」

猫又というのは、きのう国語の時間に伊藤先生からおしえてもらったばかりだ。徒然草に、猫の経《へ》上《あが》りて猫又になりてというのがあるのだそうだ。

天野はきっと、それを思い出したにちがいない。

『しかし、子どもにオトシマエをつけるというのはどうかと思いますが』

鬼丸は、一応殊勝《しゅしょう》なことを言う。

「そうか、じゃあ、お前さんが子どもの身がわりになるというんだな。それでも、こっちはけっこうやで」

『身がわりはけっこうですが、何をすればいいんで……』

「魚になって荒川を泳げ。それをわしが釣るんや」

「ひどい」

大声を出しかけた純子の口を久美子が押さえた。

『そんな、魚のまねはできません』

「いいか、うちの親分はガキらに釣られたんや。だから同じことをやってもらう。お前さんがいやなら、ガキたちを釣るからいい」

『ちょっと考えさせてください』

「十分だけ待ってやる。あとで電話する」

天野が電話を切ると、相原が待っていたようにダイヤルをまわしはじめた。

「こんどはどこに電話するの？」

純子が聞いた。

「オソマツだ。おれと菊地をヤクザに奪われたって、カッキー電話してくれ」

「ＯＫ」

柿沼は、ポーズをつけて、相原から受話器を受け取った。

「いいか、うまく芝居してくれよ」

「まかしとけって」

柿沼は胸をたたいた。

「もしもし、校長先生おねがいします。一年四組の柿沼です」

しばらくして、『もしもし』と言う声が聞こえた。

「あ、校長先生」

『そうだ、私だ』

「たいへんなことが起こりました。相原と菊地がヤクザにさらわれました」

『なんだって？』

校長は、まるで頭のてっぺんから出るような声を出した。

「相手は二人で車に乗っていました。拳銃《けんじゅう》を持っていたんで、抵抗できなかったんです。すみませんでした」

『そういうときには無茶な抵抗はしないほうがいい。で、車はどっちへ行った？』

「川のほうです。行くとき、あとで校長に電話するって言いました」

『わかった。ご苦労さん』

柿沼は電話を切った。とたんに拍手が起こった。

「すげえ演技力だったぜ」

安永が柿沼の背中をたたいた。相原はまたダイヤルをまわしている。

「天野、校長にたのむ。相原と菊地はおれたちがつかまえた。解放してほしけりゃ、鬼丸に言えって」

天野は、うなずきながら受話器を取った。二度目なので、すっかり落ち着いている。

「もしもし、校長を出してくれ。こちらは猫又というもんだ」

『猫又さんですか。少々お待ちください』

この神妙な声は英語の広瀬《ひろせ》だ。英語のできない天野は、授業中いつもいやみを言われているが、きょうの声とはえらい違いだ。

「猫又さんだって……」

久美子と純子は、肩を抱き合って笑っている。たしかにそう言われるとおかしい。英治も、いくら我慢してもほっぺたがゆるんでしまう。

『もしもし、校長の三宅音松です』

「オソマツか?」

『はい』

いつもこのくらい素直ならいいのに。

「お前さんとこの相原と菊地ってガキ、わしんところにおるで」

『おると言いますと……』

「わしがつかまえたんや。野良犬みたいにな。これから煮て食おうと、焼いて食おうとわしの勝手というわけや」

『そんな、無茶はいけません。子どもに罪はないのですから、すぐに解放してください』

「こいつらに罪がねえだと、わしの親分を釣り上げたくせに」

『それは……』

「校長ってのは、生徒の命を助けるためならなんでもするか？」

『もちろん、いたします』

「そうか。それならこれから釣り竿《ざお》を持って河川敷にこい」

天野は突然打ち合わせにないことをしゃべり出した。

『釣り竿で何か釣るんですか？』

「そうや。大物やで。八十キロはあるから竿《さお》も糸も針も考えて持ってこい」

『荒川にそんな魚はいませんよ』

「おる。わしが放流したんや。それをうまく釣り上げたら二人を解放してやる。失敗したら、バラバラにして流してしまう」

「先生、おねがいです。助けてください」

突然相原が情けない声を出したので、英治も慌ててつづけた。

「ぼくも……。おねがいします」

『わかった。二人とも心配するな』

オソマツはたのもしい声で言った。

「では、二十分後、橋の下にきて待機しろ」

天野は電話を切ると、「どうだった？」と、みんなの顔を見た。

「アドリブにしちゃよくできた」

相原がほめた。

「演技賞ものだよ」

久美子が言うと、安永が、

「オソマツの顔が見えるようだったぜ」

と言った。立石がつづけて、

「鬼丸をオソマツに釣らせるなんて、よく考えついたな」

「これは考えてたんじゃねえ。話してるうちに、無意識に出てきちゃったんだ」

「天野、おまえ天才かもよ。いつかきっと有名になるぜ」

安永が言うとみんなも口ぐちに、「そう思う」と言ったので、天野の口もとがゆるみっぱなしになった。

「じゃあ、もう一度鬼丸に電話するか」

相原は、天野に耳打ちすると、〝玉すだれ〟のダイヤルをまわしてから、受話器を天野にわたした。

『もしもし、〝玉すだれ〟です』

電話口の声はひとみだ。

「鬼丸いるか？　天野さんだよ」

『いるよ。すっかりしぼんじゃってる』

「電話に出してくれよ」

すぐに鬼丸の声がした。

「猫又や、覚悟はできたか？」

『おれも男だ。やるぞ』

「そうか。さすがいい度胸をしとる。では帳場に行って、鯉のぼりの鯉を借りてこい。それを頭からかぶって泳ぐんや。緋鯉《ひごい》のほうが目立っていい」

『鯉のぼり……？』

「そうや。いやか？」

『やる』

悲壮な声を出した。

「えらい。では十五分後、橋の向こう百メートルの地点から、川に入れ。橋の下でおまえさんを釣り上げる」

『変なところに引っかけて、痛い目にあわさんでくれよ』

「釣るのはわしやないからわからん。痛いか痛くないかは運だと思って諦《あきら》めるんや」

天野は、鬼丸の情けない声を無視して電話を切った。

「じゃあ、さっそく見に出かけようぜ。向こう岸に行かねえとヤバイからな」

相原につづいて、全員が椅子から立ち上がった。

6

校長の三宅音松は釣りはやったことがない。釣りが好きなのは、教頭の樺島勝次《かばしまかつじ》である。

樺島の家は学校から近いので、釣り道具一切を家に取りに行くことになった。

三宅がN橋に着くとほとんど同時に、釣り道具を持った樺島がやって来た。

「校長先生、こんなところで釣りなんかしているところを見られたら、頭がおかしくなったと思われますよ」

「しかたない。生徒の命を助けるためだ」

三宅は憮然《ぶぜん》とした顔をしている。

「私は、電話してきたヤクザがどうもくさいとにらんでいるんですが」

「どこがくさいんだ？」

「あの名前です」

「猫又か？」

「そうです。いかになんでも、そんな名字はありません」

「どうせ偽名だろう。本名をつかうわけがない」

「それはそうですが、なぜ猫又をつかったかということです」

「何か理由があるのか？」

三宅は樺島の顔を見た。年は三歳下だが、しわの数ははるかに多い。この顔を見ると、自分の若さに優越感をおぼえる。

「猫又というのは、徒然草に出てくる怪獣の名前です」

「それがどうした？」

「その猫又のことを、きのうの国語の授業で伊藤先生が話しているんです」

「ほう。何年だ？」

「一年の三組、五組、八組です。これは伊藤先生から聞きました」

「すると君は、あのヤクザは生徒だと言うのか？」

「断定はできませんが、あの連中ならやってもおかしくありません」

三宅は腕を組んだまま、川面《かわも》をじっと見つめた。

「これが生徒だとしたら、動機があるはずだ。わしに魚を釣らせて、連中にいったいどんなメリットがあるのかね？」

「それはわかりません」

「安藤というヤクザの子分なら動機はわかる。親分が子どもたちに釣り上げられたんだからな。問題は動機だよ」

「はあ……。ところで鬼丸先生から連絡はありましたか？」

「さっき〝玉すだれ〟に電話したら、帰ったと言われた。ヤクザはあらわれなかったらしい」

「あらわれるはずはないと思いましたよ」

「なぜだ？」

「警察に連絡でもしていれば、すぐつかまるからです。しかし、鬼丸先生はなぜ連絡してくれないんでしょうか」

「子どもをさらった犯人を、自分一人でつかまえるつもりかもしれん。腕力には自信を持っているからな」

「鬼丸先生は、腕力が強い分ここが弱点です。うまいことやりますかね」

樺島は、自分の頭を人差指でこつこつとたたいた。

「ああいう直情径行な人物は本校に必要だ。現在では、見つけようとしても、なかなか見つからん」

「絶滅するパンダみたいなもんですな」

――この皮肉野郎め。

三宅は、口ばかり達者な樺島の唇に針をひっかけてやりたい衝動をおぼえた。

「いまは、釣ることに専念しよう」

三宅が言ったとき、上流から赤いものが流れてくるのが見えた。

「あれはなんだ？　かなりの大物だぞ」

これが猫又の言った大物なのか。目をこらしていると、見る見る目の前に近づいてくる。

「鯉のぼりの緋鯉ですよ」

「そうか」

猫又は、なんだってこんなものを釣れと言うのだ。三宅は目の前に流れてきた緋鯉に向かって、竿《さお》を振った。

糸がするすると伸びて、針が大きな目玉にひっかかった。

「ナイス。そのままリールを巻き上げて、手もとに手繰り寄せてください」

樺島に言われたとおりにやってみると、緋鯉は岸に引き寄せられた。

「中に何か入っていますよ」

もしかして、生徒の死体だったら……、そう思ったとたん、全身に鳥肌が立った。

緋鯉の口から黒い頭があらわれた。やがて顔が……。

鬼丸だった。

「鬼丸君、君がどうして……？」

パンツ一枚の鬼丸は、寒さのせいか歯がかちかち鳴るだけで言葉にならない。

「何か着なくては」

三宅の言うことをみなまで聞かず、鬼丸は上流に向かって川岸を走り出した。

百メートルほど行くと、そこで、シャツと服を身につけ、ふたたび二人のいるところに戻ってきた。

「どうして川になんか入ったのだ？」

「私が魚になって釣られなければ、生徒をバラバラにすると言われたからです」

「そうか、君の真情はまさに教師の鑑《かがみ》だ。あす生徒たちによく話して聞かそう」

三宅は、感激のあまり鬼丸の手をしっかりと握りしめた。まるで氷みたいに冷えきっていた。

「センセーイ」

　相原と菊地が堤防を駆け下りてくる。

「君たち、無事だったのか？」

「いま、そこで解放されました」

　相原は、三宅の目を真っ直ぐ見て答えた。

「相手は何人いた？」

　樺島は、菊地の目をのぞきこんだ。

「三人です」

　菊地も、しっかりと樺島の目を見つめかえしている。

「どんな人相をしていた？　似顔絵は描けるか？」

「すぐ袋をかぶせられちゃったから、どんな人相かわかりません」

「ヤクザの親分安藤を釣り上げたのは君たちだ。その君たちには何もしないで、関係のない鬼丸先生を痛めつけるなんて、おかしいと思わないか？」

「思います。先生すみませんでした」

　相原と菊地は、そろって頭を下げた。

「もし、鬼丸先生がヤクザの言うことを聞かなかったら、君たちはバラバラにされていたはずだ」

ん」

「先生は決死的勇気を持って君たちを救ってくださったのだ。この恩を忘れてはいかん」

「はい」

三宅は、いつもの校長のペースに戻った。

「はい、先生ありがとうございました」

「これは、一応警察に報告しておいたほうがいいんじゃないでしょうか」

樺島は、あいかわらず意地のわるい目つきで二人を眺めている。

「ぼくたちを解放してくれるとき、もし警察に告げ口したら、校長も教頭もただではすまない。そのことをよくつたえておけと言いました」

相原が言うと樺島が、

「ただではすまないとは、具体的にどういうことかね？」

「命にかかわることだそうです」

「それは脅迫です。なおさら警察に言わないわけにはいきません」

樺島は意地になっている。

「警察に言うと、私が鯉のぼりの中に入って、川を流れたことが公になるでしょう。それは困ります。私の名誉にかかわることですから、それだけは勘弁してください」

鬼丸は、三宅の手をしっかり握りしめた。

「鬼丸先生の言うとおりだ。これは先生にも学校にもけっして名誉なことじゃないから、警察には内密にしておこう」

「そうですか。あとで後悔しても知りませんよ」

樺島は捨てぜりふを残すと、

「では、そろそろ引きあげましょう」

と、帰り支度をはじめた。

「ぼくたちはこれでいいですか？」

相原が聞いた。

「いいから帰りたまえ。途中気をつけるんだぞ」

三宅が言い終わらぬうちに、

「さよなら」

と言いながら二人とも駆け出して行った。

「子どもの命を救ったということは、喜ばしいことですな。そう思いませんか、鬼丸先生」

三宅は、いつになく、心がぽかぽかするようないい気持ちだった。

「はい、天にのぼるような気持ちです」

鬼丸は大きなくしゃみをして、二人の後ろ姿を見送っていた。

「鬼丸先生、なぜ先生だけがこんな目に遭われたのか、心当たりはありますか？」

樺島が聞いた。

「いいえ、全然ありません」

「いま、うちの学校で生徒をしごけるのは先生だけです。それと関係あるとは思いませんか？」

「君は、まだうちの生徒にこだわっているのかね」

三宅は樺島の執念深さがうとましくなってきた。

「こだわるのではなくて、これは確信です」

「確信と言うと、これはうちの生徒がやったと言われるんですか？」

「先生が人に恨まれるようなことをしていれば別ですが……」

樺島は探るような目つきで鬼丸を見つめた。

「私は人に恨まれるようなことはまったくやっていません。ただし、生徒は別です。恨んでいる者、憎んでいる者はいるはずです」

「いやな役を先生にだけ押しつけて申し訳ありません」

三宅が頭を下げた。

「そういうお心づかいは無用です。私は覚悟してやってきたのですから」

「そう言ってもらえると、気持ちがらくになる」

三宅は、鬼丸にごねられたらどうしようかと思っていたので、やれやれと胸を撫《な》でおろした。

「調べてみて、もし生徒がやったのなら容赦しませんが、それでよろしいですか？」

「もちろん、そのときはぎゅうと痛めつけてもらってけっこうです」

三宅はそう言わざるを得なかった。

「首謀者を見つけるのは、それほど難しくはありませんよ」

樺島は、そっぽを向いたまま言った。

「そうかね」

「こういうことを考えつくのは、一人しかいませんよ」

「相原のことを言っているのかね？」

「そうです。あれはうちのガン細胞です。このところおとなしくしていましたが、また暴れだしたにちがいありません」

「思いこみはよくないな」

「鬼丸先生とこの件の調査をしたいと思いますが、許可していただけますか？」

「調査はいいが、あまり派手にやってもらっては困る」

「校長先生にご迷惑はかけません。一週間もあれば、きっと洗い出して見せます」

樺島は自信たっぷりである。

三宅がこの中学にやって来たのはあくまでもつなぎである。この四月からはまた教育委員会に戻ることになっている。

それまで、なるべく波風を立てたくなかった。

2　エイリアン

1

「カバがかぎまわってるから、注意したほうがいいよ」

昼の休み、久美子は教室に入って来るなり、英治に耳うちした。

河川敷での樺島の目つきは、気になっていたから、きのうの夜も相原と話したところだった。

「これの情報か？」

英治は親指を立てた。久美子の父親堀場千吉《せんきち》は、堀場建設の社長でＰＴＡの会長でもある。

「きのう夜おそくカバからおやじに電話があったんだ。おたくのお嬢さんも関係してないかって」

「カバ、私たちがやったと思ってんの？」

ひとみが屈託のない顔で聞く。

「わるいことは、みんな私たちだと決めてんだよ。夜中にたたき起こされて、おやじからお説教さ。おかげできょうは寝不足だよ」

そう言えば、久美子ははれぼったい目をしている。

「ゲロしちゃったのか？」

「まさか。私たちは全然知らない。証拠もないのに、犯人扱いすんなって開き直ってやったよ」

「それでどうなった？」

「それきりさ」

「相原にもそのこと話したか？」

「話したよ」

「なんて言った？」

「こんどの標的はカバにしようって。今夜作戦会議をやるから、相原君ちへきてよ。そのことを言いにきたんだ」

「カバをやっつけるのか……。あいつは疑い深いから、簡単にはのらねえぜ」

「それを考えるのさ。じゃあね」

久美子は、そそくさと教室から出て行った。

「私は手紙を届けたんだから、きっと疑われてるね」

ひとみは、疑われてると言いながら、楽しそうな顔をしている。勉強は嫌いだけれど、食べること、しゃべること、遊ぶこと、寝ることが大好き。毎日が楽しくてしかたないらしい。

「そのうちに、カバに呼ばれて聞かれるぞ」

「なんて言えばいい？」

「この前言ったのと同じことを言えばいいじゃんか」

「口から出まかせだもん、忘れちゃったよ」

「しょうがねえなぁ。たしか背の高い目つきのわるいやつって言わなかったか？」

英治にも自信はない。

「そう言われると、言ったような気もする。そんなことどうでもいいじゃん。忘れちゃったって言えば」

「それはそうだけど……」

ひとみの楽天主義ははんぱじゃない。英治もついていけない。

「君たち何かおもしろいこと考えてるみたいだな」

肩越しに木下が声をかけてきた。突然だったので、英治はおどろいて体が浮き上がった。

「おどかすなよ。びっくりするじゃねえか」

「こんなことでおどろくなんて、何かわるいことやったんだろ」

「まあな」

「例の狼少年ごっこか？」

「そう。きのうやったんだけど、大成功しちゃったのよ」

「おしえてくれよ」

「話してもいい？」

ひとみは、英治の顔を見た。こうなったら、だめだと言っても、止められるわけがない。

「ああ、いいぜ。そのかわり秘密は守ってくれよな。おれたちいまヤバイ立場にいるんだから」

英治は、一応釘《くぎ》を刺しておいた。

「秘密は絶対守るよ」

「よし、じゃあ話してもいい」

ひとみは、待ってましたとばかり、きのうの一件を話しはじめた。

よくこんなに口が動くものだと感心するスピードなので、あっという間に話し終えてしまった。

「鯉が釣られるところ、見たかったなぁ」

木下はいかにも残念そうな顔をした。

「お前、体のぐあいはいいのか？」

「きのうちょっと熱が出たけど、きょうは大丈夫だ。こんどやるときは、ぼくもきっとつれてってくれよ」

「ああ、いいよ」

木下の命があと三年しかないと思うと、英治はつい優しくなってしまうのだ。


その夜、相原進学塾に集まったのは、英治、柿沼、日比野、立石、小黒、天野、谷本、中尾、安永、宇野とひとみ、久美子、純子、佐織の十四人だった。

英治は木下も誘おうと思ったが、また熱が出るといけないので、やめることにした。

これだけのメンバーがそろうと、俄然《がぜん》にぎやかになる。

日比野は、あいかわらず何か食べている。

「ラッコ、お前ダイエットするって言ったのに全然じゃんか。それじゃ、中学終わるまで命がもたねぇぜ」

安永があきれたように日比野を見て言った。日比野のあだな、カバは、二学期に教頭の樺島がやってきてから、ラッコに替えたのだ。

「おれは、太く短く生きることに決めたんだ」

日比野は開き直っている。

「みんな聞いてくれ。おれたちももうすぐ一年は終わりだ。そこで、前からやろうと思ってた狼少年ごっこをやってみたら、見事に成功した」

「おれ知らねえぜ、いつやったんだ?」

宇野が聞いた。

「きのうだよ」

相原は、鬼丸を校長に釣らせた話をした。

「見たかったな、なんでおしえてくれなかったんだよ」

「急だったろ、おしえる暇がなかったんだ。まあ、そうおこるな」

日比野が、自分の半分しかない宇野の背中をたたいた。

「ところが、どうやらカバはおれたちが仕掛けたことに気づいたらしい」

「あいつの目は陰険で人を信じねえ。まるでゲシュタポだからな」

「ゲシュタポってなんだ?」

天野が谷本に聞いた。

「ヒトラーの秘密警察さ」

「それは言える。殺された片岡《かたおか》先輩の友だちの水原《みずはら》先輩……」

片岡という名前を聞いたとたん、英治は頭をなぐられたような衝撃をおぼえた。

あれは去年の九月、二学期がはじまったばかりだった。

片岡美奈子《みなこ》が校舎の屋上から投げられて殺された。

みんなそのときのことを思い出したのか、急に静まりかえってしまった。

「みんなに、いやなこと思い出させちゃってごめん」

久美子は謝ってからつづけた。

「水原先輩がボーイフレンドと街を歩いてたとき、カバと出会ったんだって。そうしたらカバは、ボーイフレンドの見ている前で、ポシェットをあけさせて中味を調べたそうよ。そんなのあり？」

「それは、人権侵害だ」

安永がいきりたった。

「そういうやつなんだよ、あいつは。そこでこの際、おれたちがやられる前にやっておこうと思うんだ」

「やっちまえ」

全員が拳《こぶし》を挙げた。

「作戦は考えたの？」

佐織が聞いた。

「攻撃には、まず敵の弱点を見つけなくてはならない。カバの弱点はどこか、久美子説明してくれよ」

「カバの弱点は奥さんに頭の上がらないことさ」

「へえ、あんなにえばってるくせに？　信じられない」

純子は首を振った。

「ところがそうなんだ。あいつんちは、奥さんの家で、奥さんは金持ちなんだ。カバの奥さんて絵が好きで、よく展覧会してること知ってる？」

「知らねえよ、そんなこと」

天野はみんなに、「知ってるか？」と、あいづちを求めたが、みんな、「知らない」と言った。

「いまもS銀行のロビーでやってんだけど、それはカバがコネをつかって借りたんだ」

「その絵上手？」

「はっきり言って下手。まあ3ってとこかな。4にはとてもいかないね」

「久美子、どうして知ってんの？」

ひとみが聞いた。

「だって買わされちゃったんだもん」

「それでだ」

相原はみんなの顔を順に見た。

「いまS銀行に展示してある絵をみんな買っちゃおうと思うんだ」

「金はどうすんだ？」

宇野が甲高い声をあげた。

「金は関係ねえ。注文して持ってこさすんだよ」

「だれが注文するんだ？」

「東京都知事」

「なんだって？」

こんどは小黒が口をぽかんとあけた。

「こういう電話をするんだよ。こちらは東京都知事の秘書田中だけれど、知事が偶然奥さんの絵をご覧になって、たいへん気に入られたから、何枚でも持って都庁にきてくれないか」

「田中って秘書がほんとにいるのか？」

「知らねえよ、そんなこと。とにかく電話してみようぜ。天野たのむ」

「こんどはヤクザじゃまずいな」

「都知事の秘書じゃあ天野には無理かもしれねえよ」

「立石、おれをなめるんじゃねえ。まあそこで聞いてろ」

相原はもうダイヤルをまわしている。天野がせきばらいをして受話器を受け取った。

「もしもし、樺島さんのおたくでしょうか？」

『はい、そうでございます』

気取ったおばさんの声がした。

「私は東京都知事の秘書で田中と申します。奥さまでいらっしゃいますか？」

さすがに天野はプロだ。いかにも知事の秘書らしく聞こえる。

相原が指で丸をつくり、OKのサインを出した。天野がうなずく。

『はい、家内でございますが、知事さんから何か……』

「実は、知事が奥さまの絵をご覧になってたいへん気に入られ、ぜひ買いたいとおっしゃっておられます」

『ええッ、知事さんが私の絵を……？　信じられませんわ。どうしましょう』

興奮のためか、声が上ずっている。

「おばさん、すっかり舞い上がっちゃったぜ」

「しッ」

相原が安永を制した。

「つきましては、あすの午後一時、お気に入りの絵を四、五点持って、都庁へお出でねがえませんでしょうか。ご都合はよろしいですか？」

『けっこうでございます。知事さんにそうおっしゃっていただけるなら、何をおいてもうかがいます。あの、ちょっとおうかがいしてよろしゅうございますか？』

「はい、けっこうです」

『知事さんは、私のどの絵をお気に入りなんでございましょうか？』

「どの絵といいますと……」

天野が困っている。

『静物とポートレートとございますが』

「ああ、それでしたら静物です」

『では、静物を見つくろっておうかがいいたします』

「受付けで秘書の田中とおっしゃってください」

『わかりました。わざわざお電話いただき、ほんとうにありがとうございました。知事さんにも、よろしくおつたえくださいませ』

「では、あした」

天野はゆっくり受話器をもどすと立石に、

「どうだ？」

と言った。立石は拍手しながら、

「見事と言うしかねえよ。まいりました」

と、頭を下げた。

「あした、学校休んで都庁に行ってみてえな」

宇野が言うと、久美子が、

「いまごろカバに話してるよ。カバ、どんな顔してるかな」

その一言で、全員火がついたように笑い出した。

「問題はあさってだ。カバがなんと言うか」

小黒がちょっと不安そうな顔をした。

「なんて言えるんだよ。おれの女房をだましたやつはだれだってか？」

安永が言うと、また笑いが渦を巻いた。

2

二日後、相原と英治は学校で樺島と顔を合わせたが、樺島はなんにも言わなかった。

「あれ、失敗だったのかな」

「そんなことはねえ。きっとショックで口がきけねえのさ」

相原は自信たっぷりだった。

「おれたちに何か考えてるかもよ」

「いいさ、やられたらやりかえせば」

──そうだ。そう考えればびびることはない。

「おれのクラスの木下だけど……」

「ああ、エイリアンか」

「あいつのことどう思う？」

「そう言われても、よくわかんねえけど、不思議な感じ、やっぱりエイリアンだよ」

「お前もそう思うか」

英治は相原が自分と同じ考えなのに安心した。

「木下がどうかしたのか？」

「うん。この間おまえんちの帰り、あいつと話したんだけど、あいつUFO見たことあるんだって」

「ほんとか？」

相原の目が光った。

「おまえあるか？」

「ねえ。おまえは？」

「おれもねえ。ところがあいつは、見ただけじゃなくて、UFOを呼ぶことができるんだってさ」

「うっそお」

相原があんまり大きな声を出したので、近くにいた連中が振り向いた。

「おれだってうそだと思ったぜ。だけどあいつは、みんなのいるところに呼んでもいいって言うんだ」

「おれたちのいるところって、学校へか？」

「まさか。昼間はだめだけど、夜なら河川敷に呼べるってさ」

「どうやって呼ぶんだ？」

相原は半信半疑である。

「呪文《じゅもん》があるらしい」

「どうして、呪文を知ってるんだ？」

「夢の中でおしえてもらったんだって。あいつ、あと三年しか生きてられないだろう。だから、神さまがかわいそうだと思って特別に呪文をおしえてくれたのかもよ」

「そんなことってあるかなあ」

「ほんとかうそか、ためしてみたらいいじゃんか」

「そうだな。そうすりゃ木下が狼少年かどうかわかるもんな」

「まさか、おれたちはだまさねえと思うぜ」

「じゃあみんなで行こうか」

相原が賛成してくれたので、英治はすっかり嬉《うれ》しくなって、そのことを木下に話した。

「いいよ」

木下は、鉛筆でも貸すみたいに、気軽な調子で答えた。

「ほんとに大丈夫なのか？　もしうそだったら、おれのメンツ丸つぶれだからな」

「大丈夫だよ。ぼくは狼少年じゃないんだから」

木下の落ち着いた表情を見ていると、英治も木下を信じていい気がしてきた。

「じゃあ、いつがいい？」

「月が出てる夜はまずいんだ。三日後がいい」

「土曜日だな。みんなで行ってもいいんだろ？」

「何人でもかまわないよ」

「よし、じゃあみんなに言っとくからな」

「みんなっていっても、おとなが入っちゃまずいぜ」

「いつもの十五人さ。それならいいだろ？」

「うん」

「場所は荒川の河川敷でいいな？」

「うん、ほかの者には絶対秘密だぜ。親にもだ」

「仲間以外言うわけねえだろう」

ほんとうにUFOがやってくるのかと思うと、あらためて英治の胸は躍りだした。

それから土曜日までの三日間、英治にはひどく長いものに感じられた。それは英治だけではない。天野も立石も日比野も、ひとみも久美子も、顔を合わせるたびに、

「もうあと二日、あと一日」と、土曜日のやってくるのを待ち焦がれた。

その土曜日がとうとうやってきた。

きょう学校は半日である。帰るとき、七時に河川敷でと言い合って別れた。

英治はしかし、七時になるのが待ちきれなくて、六時には家を出て河川敷へ行った。まだだれもきていないと思ったのに、そこには安永、日比野、宇野、柿沼がいた。

「ほんとにUFOがくんのか？」

安永は、顔を空に向けたまま言った。

「木下は自信たっぷりだったからくると思うぜ」

英治は行きがかり上そう言うしかないが、ほんとうのところ、半信半疑だった。

「UFOここへ降りるのか？」

日比野が聞いた。

「降りてはこねえんじゃねえか。そんなことになったら、えらいことになるもん」

「テレビレポーターの矢場《やば》におしえてやればよかったな」

矢場とは、あの廃工場にみんなでたてこもったとき、それから敬老の日、老稚園の開園日に取材にきて、みんなとは顔なじみであった。

「テレビ用には、別の日に呼んでもらえばいいさ。こんやはおれたちだけで見ようぜ」

純子と佐織がやってきた。つづいて天野も立石も姿をあらわした。

三月の半ばを過ぎたとはいっても、夜の河原は冷えこむ。みんな背中を丸めて、その場で駆け足をしている。

「UFOって、宇宙人が乗ってるんでしょう?」

純子が素朴な質問をした。

「あったりまえだろう。宇宙人でなきゃだれが操縦すんだよ」

「そうかぁ。でも、宇宙人たちあたしたちに攻撃しかけてこないかなあ」

「近くまでくれば攻撃してくるかもな。もしかしたら、純子、つれて行かれるかも知れねえぜ」

安永がからかうと、純子は、

「やめてよ」

と、まじめな顔になった。

「UFOは近くには接近しないよ。そんな記録は世界のどこにもないもん」

いつの間にか谷本があらわれた。

「おれ、いつだかUFOから出てきた宇宙人と話したって記事見たぞ」

柿沼が言った。

「あれはインチキだ」

久美子が息を切らしてやってきた。

「まだ大丈夫？」

「大丈夫だ。ところで肝心の木下はどうしたんだ？　ヤバくなったんで、ずらかっちゃったんじゃねえか」

安永が言ったとたん、

「ぼくはここにいるよ」

と、闇の中から木下の声がした。木下が来ていたことをだれも気づかなかったのが不思議だった。

「全部で何人いる？　明りはつけないでほしいんだ」

こんやの木下は、いつもとは別人みたいに元気だ。

「じゃあ、みんな順に名前を言おう。相原」

相原がいつの間に来たのか、英治は気づかなかった。

「菊地、安永、天野、立石、日比野、谷本、中尾、宇野、小黒、柿沼。橋口純子、朝倉佐織、堀場久美子、中山ひとみ、以上」

「全部で十五人か。じゃあみんな、どこでもいいからひっくりかえって空を見てくれないか」

木下に言われて、英治は相原と並んで河原にひっくりかえった。背中が少し冷たい。

「去年の夏、廃工場の屋上でこうやって夜空を見たな」

相原がぽつりと言った。

「うん」

あのとき英治は流れ星を見つけたが、こんやの空は曇っていて何も見えない。

「これからぼくはUFOを呼ぶ呪文を唱えるから、君たちも心の中でUFOこい、UFOこいって念じてほしいんだ。そうすれば、UFOはテレパシーを感じてきっとやってくる」

木下の声は確信にみちている。

「そんなことでUFOがくるのか？」

安永の声だ。

「疑っちゃいけない。あらわれると信じるんだ。あの闇をじっと見つめていると、そのうち赤い点が見える。その点はみるみる大きくなる。それがUFOだ」

木下は一人だけ川岸まで行くと、空に向かって、赤い懐中電灯をぐるぐるまわしはじめた。

やがて、何語とも得体の知れない言葉が川を渡る風のように聞こえてきた。

あるら　あるら　おんそうば　えれまいか　きるぜん

とうたらり　とうたらり　とうとう　たらり　とうたらり

木下がまわしている赤い懐中電灯の速度が次第に速くなった。

英治は暗い空を凝視する。なんだか変な気分だ。

五分、十分もそうしていると、

「あッ、やってきた」

突然、木下が空に向かって叫んだ。

「どこに？　見えるか？」

英治は隣の相原に聞いてみた。

「見えねえ、なんにも」

「見える。じっと目を凝らせばきっと見えてくる。ほら、だんだん近づいてくる」

木下は、まるで神さまでも乗りうつったみたいに、無気味な声になった。

「UFOだ、UFOがやってきた」

「なんにも見えないよ」

みんなの中から焦りに似た悲鳴が聞こえた。

木下は闇に向かって歩き出した。溶けるように姿が消えた。

「あいつ、頭がどうかしてるんじゃねえか」

谷本が突き放したように言った。

「あいつだけにUFOが見えるなんてお笑いだぜ、狼少年にだまされたんだ」

英治は、立石に何も言えなかった。

そのとき、闇の中から忽然《こつぜん》と木下の姿があらわれた。

「UFOは帰って行ったよ」

いつもの静かな木下の声にかえっていた。

「うそつけ、UFOなんてこなかったくせに」

安永は、いまにも木下をなぐりそうな見幕だ。

「うそじゃない。UFOが一人つれて行くのを見たんだ。きっとだれかいなくなっている」

「ええッ」

みんなが一つに固まって、懐中電灯でおたがいの顔をたしかめ合った。

「みんないるじゃんか……。あ、宇野がいねえ」

天野が叫んだ。

3

「宇野ぉ」

全員が河川敷を捜したが、宇野の姿はどこにも見あたらなかった。

「ほんとにUFOがつれてっちゃったの？」

ひとみは、声もからだもふるわせている。

「そんなことあるわけない。きっと、みんなをおどろかせようと思って、こっそり帰っちゃったのさ」

中尾が言うと、みんななんとなくそんな気になって、最初のパニックはおさまった。

河川敷からの帰り、英治はなんとなく木下と話すのに抵抗をおぼえたので、木下と別れて相原の家に行くことにした。

柿沼と安永、それに久美子もついてきたが、みんな、いつもとくらべて、めっきり口数が少ない。

「どお、UFO見たの？」

相原の家に行くと、母親の園子《そのこ》がにこにこしながら聞いた。

「だめだった」

相原は首を振った。

「そうなの、だからみんな元気がないのね」

「ちがう、それにはわけがあるんだよ。宇野が消えちゃったんだ。UFOにつれて行かれたかもしれねえ」

安永がまじめな顔で言うと、園子はいかにもおもしろそうに、明るい声で笑った。

「安永君、それ信じてるの？」

「だって、木下が言ったんだぜ」

「木下君って、エイリアンって言ってる子？」

「うん、あいつがUFOを呼べるって言ったんだ」

「宇野君、きっと家に帰って来てるわよ。電話してごらん」

相原は受話器を取ると、宇野の家のダイヤルをまわした。

「相原ですけど、宇野君いますか？……え？　まだ帰ってきてないんですか？……はい、うちにはきていません。……どこだかわかりません。……はい、さようなら」

「どうだった？」

久美子は、相原が受話器を置くのを待ちきれずに聞いた。

「六時におれんちへ行くって家を出たきり帰っていないってさ」

相原は天井の一角をにらんでいる。

「じゃあ、ほんとにUFOにつれてかれちゃったのかしら」

「それはないと思うぜ」

「どうしてそんなことが言えるのよ」

久美子は柿沼をにらみつけた。

「そんな怖い顔すんなよ。こんやのUFOは、木下と宇野が仕組んだ芝居じゃねえかと思うんだ」

「おれはそうは思わない。木下はそんな芝居ができる男じゃねえよ。あいつはおれたちとはちがってるんだ」

「菊地、じゃあおまえは、あれでもUFOがきたと信じてんのか?」

安永が聞いた。

「木下はおれにこう言ったんだ。UFOを呼ぶことはできるけど、見えない者には見えないって」

「そんなのインチキだ。そんなこと言うなら、おれには宇宙人が見えるって言ったら、お前信じるかよ」

「うまく説明できないけど、木下にはインチキでなくUFOが見えるんだと思う」

「自分だけに見えて、ほかの者には見えないとしたら、そいつの頭はおかしいってことだ。なあ相原、そうだろう」

「うん」

相原はうなずいてから、

「おれも常識的には安永の意見に賛成だけど、そうすると、いなくなった宇野をどう説明していいかわかんねえんだ」

「宇野は、おれたちをだまして、狼少年してるんだって」

「私も安永君の意見に賛成だわ。あしたになれば、宇野君はちゃんとうちにいるわよ」

園子にまでそう言われては、英治の立場はわるくなるばかりだ。

「もし木下がおれたちをだましたとしたら、あいつはもう学校にこないと思うな」

「どうして？　だましてやったぁって、くればいいじゃん」

久美子は不思議そうな顔をした。

「おれたちとはちがうって言っただろう」

「じゃあ、月曜日にもし木下が学校に出て来たら、どう解釈したらいい？」

相原が聞いた。

「木下は、ＵＦＯが宇野をつれてったと信じてるってことさ」

「宇野がばらしたら？」

「木下は、おれたちの前から姿を隠しちゃうさ」

「菊地、おまえ木下に相当いかれてるな。おれには、そこがどうもわかんねえ」

安永は何度も首を傾げた。

「あした、宇野君が帰ってきたらみんなわかることだから、今夜はこれくらいにしましょう」

園子に言われて、四人とも帰ることにした。

途中で三人と別れて一人になると、英治は何も見えない空を見上げた。

ＵＦＯがやってきたのはたしかなんだ。ただ、みんなには見えなかったんだ。

——宇野はきっと帰ってこないぞ。

それは英治の確信に近かった。

家に帰ると、玄関のところに母親の詩乃が立っていた。

「いままでどこに行ってたの？」

「相原のところさ」

「宇野君は？」

「いたけど、途中で帰っちゃった」

「何時ごろ？」

結局ばれてしまう。

「宇野君、まだ帰ってないそうよ。どこに行くって言ったの？」

英治は口から出まかせを言った。

「八時半ごろかな」

これはやっぱりただごとでない。これ以上うそをついても、結局ばれてしまう。

そう思った英治は、ほんとうのことを話すことに決めた。

「ほんとは、相原のところに行ったなんてうそなんだ」

「知ってるわ。UFO見に行ったんでしょう」

「なんだ、知ってたのか」

「あなたのうそなんて？　私にはお見通しよ」

そう言われて、急に心が軽くなった。

「木下がUFO呼べるって言うから、みんなで河川敷に見に行ったんだ」

「UFO見えたの？」

「見えなかった。だけど、木下はUFOがきたと言うんだ」

「ほかに見た人はいるの？」

「だれもいないよ」

「おかしいわね」

「木下はUFOがだれか一人つれてくのを見たと言ったんだ。そこで調べてみたら宇野がいなかったんだよ」

「そんな話、ひとが信じると思う？」

「信じるかどうかわかんないけど、事実だからしかたないよ」

英治はふくれて見せた。

「あなたたち、このごろ狼少年ごっこをやってるんだってね」

「だれからそんなこと聞いた？」

「だれでもいいから、やってるか、やってないか言いなさい」

「やってるよ。それがどうした？」

こうなったら、開き直るしかない。

「こんどのUFOも、そうやっておとなをからかうつもりでしょう」

「ちがう、これはちがうよ」

「だめ。あなたたちのうそなんて、頭かくして尻尾《しっぽ》かくさず。全部見え見えなんだから」

こんなふうに誤解されてしまうと、どう説明したら納得してもらえるか、英治にはいい案が思いつかない。

「そう思うんなら、思えばいいだろう」

「思えばいいだろうじゃないわよ。どうせこんどの遊びを思いついたのは相原君とあなたでしょう」

「それとこれとはちがうんだよ。わかってくんないかな」

英治がいくら真剣になっても、詩乃は全然受け付けない。

「いい？　宇野君のお母さんも心配して何度も電話してきてるのよ。隠れ家を白状しなさい」

「知らないよ。ほんとに知らないんだ」

電話が鳴った。

「ほら、宇野君のお母さんよ。なんて言ったらいいの？」

「知らないって言えばいいだろう」

詩乃は受話器を取ると、

「菊地でございます。……ええ、いま帰ってきたので問いただしてるんですけど、どうしても白状しないの。……ご心配でしょう。ほんとうに申し訳ありません。……ええ、きっと言わせてみせますから。……そうしたら、おたくにお電話します」

「宇野のママに、ぼくがやったって言ったの？」

英治は、受話器を置くのを待って言った。

「そんなこと、私が言うわけないでしょう。向こうがそう信じこんでるのよ。どうするつもり？」

「わかった。相原と相談してみるから、向こうに行っててくれないかな」

「いいわ。よく相談して。わるかったと早く謝っちゃいなさい。いまなら許してもらえるから」

詩乃はそう言い置いて部屋から出て行った。英治は、ドアが閉まるのを待って相原の家に電話した。電話口に相原の声がした。

「おれだよ。いま家に帰ったらたいへん。おれたちが宇野を隠したと思いこんじゃってるんだ」

「おれんちにも宇野のママから電話があったよ」

相原の声は落ち着いている。

「これは、狼少年ごっこじゃねえって、いくら説明しても信じねえんだよ。どうしたらいい？」

「もし、あしたの朝になっても宇野がもどってこなかったら、おれたちで捜そうや」

「捜すって、どこを捜すんだ？」

「わかんねえ。木下にもう一度ＵＦＯを呼んでもらって、宇野をどこにつれて行ったか聞いてもらうしか頭に浮かばねえよ」

「そうだなぁ」

英治にも、それ以外の方法は思いつかない。しかし、ＵＦＯからどうやって取りもどせばいいのだ。

英治は電話機の前で頭を抱えた。

4

翌日は日曜日だが、英治は薄暗いうちから目があいてしまった。

六時半になるのを待って相原の家に電話した。相原がすぐ電話口に出た。

「宇野どうだった？」

「帰ってこねえってさ」

相原の口調も暗い。

「やっぱり、木下が言ったようにＵＦＯがつれてっちゃったのかな」

「きのう、そのことをずっと考えてたんだけど、ＵＦＯはおかしいよ」

「そうか。じゃあどうして消えちゃったんだ？」

「宇野が隠れん坊したとしか考えられないんだ」

「木下と組んでか？」

「それはないって言うんだろう？」

「ないな。それだけははっきり言える」

英治には確信があった。

「とにかく、これから木下に会ってみねえか」

「いいぜ。何時にする？」

「早いほうがいい。七時じゃどうだ？」

「OK、おれんちへ呼びにきてくれるか」

相原は、七時きっかりに英治を呼びにきた。

「あなたたち、適当なところでやめないと、騒ぎが大きくなって、取り返しがつかないことになるわよ」

詩乃が、家を出る二人に向かって忠告した。

「わかったよ」

英治は、その声を振り切るように駆け出した。

「あれだからまいっちゃうよ」

家が見えなくなると相原に言った。

「カッキーも天野もやられてるらしいぜ。どの親も、おれたちが狼少年ごっこをやってると思いこんでるらしい」

「どうしてそんなことがわかったんだ？」

「考えられるのは、宇野のママがカバに聞いた。そこでカバがあいつらのいたずらだって言った」

「カバ、あのこと気がついたのかな」

「そりゃわかるさ。あれだけやられりゃ、わかんなきゃばかだ」

「そうなると、早いとこ宇野を見つけないと、ヤバイことになるぜ」

「うん」

相原も気分が落ちこんでいるのか、いつもの元気がない。

木下のマンションが見えてきた。

「あれだよ。あの二階の右端が木下んちだ」

英治は指さしておしえた。

「窓にカーテンがかかってるとこみると、まだ寝てるかな」

「また病気になったかもしれねえ」

英治はちょっと心配になった。

木下の部屋には末永《すえなが》ふく子と書かれた標札が出ている。

「このひと、木下のおばあさんか？」

相原が小声で聞いた。

「そうらしい。木下はそう言ってた」

英治はインターホンを押した。

「どなた？」

中からおばあさんの声が聞こえた。

「木下君と同じ中学の菊地と相原です」

英治が言うと、三、四分待たされてやっとドアがあいた。

木下がパジャマ姿で立っていた。

「寝てたのか？」

「うん」

顔色もわるいし、声も張りがない。

「ぐあいわるいのか？」

「そうでもない」

「上がってもいいか」

相原が聞いた。

「いいよ」

木下は二人をダイニングキッチンに案内してくれた。ほかに部屋は二つあるみたいだ。きっと、一つが木下の部屋で、もう一つはおばあさんの部屋にちがいない。

おばあさんは、三人の前にミルクの入ったコップを持ってきた。

「あなたたち、朝ご飯は食べたの？」

顔はしわが多いけれど、声はしゃんとしている。いくつくらいだか見当もつかない。

「食べました」

「そう」

おばあさんは、木下の前にトーストとゆで卵を持って来たが、木下は見向きもしない。

「宇野のことだけれど……」

相原は、ミルクを一口飲んで切り出した。

「けさになっても帰ってこないんだ」

英治がつづけた。木下が黙っているので、

「おまえ、UFOがつれてったって言ったろう」

「うん、つれて行くのを見たんだ」

「そいつら、どんなかっこうしてた？」

相原が聞いた。

「どんなって言われても……。ちょうど影みたいなんだよ。君たち影絵芝居見たことあるか？」

「ジャワの影絵芝居ならある」

英治は、小学校のころ両親につれられて見たおぼえがある。

「ちょうどあんなふうなんだ。宇野はそのあとについて行っちゃった」

「行っちゃったって、どこへ？　ＵＦＯにか？」

「すごく光るものの中へ入って行ったんだ。そうしたら、影も宇野もみんな消えちゃった」

「その光るものってＵＦＯか？」

「うん」

「いつもそうか？」

「最初は光の点なんだけど、それがだんだん大きくなって、最後は空じゅう光になっちゃうんだ。それから突然闇になって、ＵＦＯは消えてしまう」

木下は、夢でも見ているような目で遠くを見ている。

「ＵＦＯの乗組員と話したことあるか？」

「ないよ。だって影みたいなもんだもん」

「じゃあ、宇野は影にされちゃったのか？」

英治は思わず木下の薄い肩をつかんだ。

「そんなこと、ぼくに言っても知らないよ」

「おれたちは、どうしても宇野をつれもどさなくちゃならないんだ。いい方法ないか？」

「わからない」

木下は力なく首を振った。

「お前、もう一度ＵＦＯを呼ぶことできるだろう？」

「そりゃできるよ」

「じゃあ、すまないけど呼んでくれないか」

「呼んでどうするんだ？」

木下は不安そうな目で相原を見た。

「宇野を返してくれって言ってほしいんだ」

「ぼくの言うことなんか聞くかな」

「聞いても聞かなくても、いまは、それしか方法がないんだ」

「いいよ、じゃあやってみる」

木下自身、影になってしまったみたいにたよりない。

「もし返してくれなければ、いま宇野がいる場所だけでも聞き出してくれないか」

「うん」

「いつやってくれる？」

「今夜、やるよ」

「どこで？」

「もう一度河川敷でやる」

「じゃあ、おれたち行くよ」

「こないほうがいい。またつれて行かれちゃうかもしれないから」

木下はおびえた目をしている。

「遠くから見てるからいいだろ？」

「うん。だけど、どんなことが起きても知らないよ」

「いいさ」

英治は相原と顔を見合わせてうなずいたものの、ほんとうのところ、もう一度河川敷に行く気にはならなかった。

英治と相原は、十分ほどいて木下の家を出た。外に出ると大きく深呼吸した。

「なんだか、頭がおかしくなりそうだ」

「おまえもか、おれもそうだ。あの家はお化け屋敷だぜ」

英治はもう一度木下の家を振りかえって見た。窓のところに、おばあさんが立ってこっちを見ている。

「あのばばあ、おれたちになんにも言わなかったけど、気味のわるいばばあだったな」

「猫又の化けたのかもよ。木下、よくあんなばばあと二人で暮してるな。おれだったら、一日だってごめんだぜ」

「お前、木下と仲がよさそうだけど、おやじとおふくろのこと聞いたことあるか？」

「外国に行ってるってことしか聞いてねえ」

「ほかになんにも話さねえのか？」

「あいつ、おれたちのことはいろいろ聞くくせに、自分のことは全然話したがらねえんだよ」

「そいつは、おかしいと思わねえか？」

「そう言われればおかしいな」

「おかしいって言うより怪しいぜ。やっぱりあいつ、エイリアンかもしれねえな」

英治は、とたんに鳥肌が立ってきた。

「おどかしっこなしだぜ」

「おれも、最初はおもしろ半分に言ってたけど、きのうのあの態度や、さっきの話を聞いてると、おれたちと同じ人間に思えなくなってきたんだ。あいつはＵＦＯに乗ってやってきたんだ」

「おまえがそんなこと言うなんて、思ってもみなかったぜ」

「もしそうだとすると、こんや、河川敷に行くのはヤバイな。つれて行かれちまうかもしれねえぜ」

「遠くで見ることにすればいいだろう。だけど、そうするとあいつらからどうやって宇野を取りもどしたらいいかな」

相原は空に目をやった。つられるように英治も空を見た。

きょうは曇っていて、いまにも雨が降り出しそうなことに、はじめて気がついた。

「宇野のママにはなんて言う？　おれんちのおふくろだってそうだけど、UFOにつれて行かれたなんて言っても、ふざけてるとしか思わねえぜ」

いつの間にか児童公園に出ていた。夏、廃工場からここまで、下水道づたいにやって来て、監禁されている柿沼を救い出したものである。

まだ朝が早いせいか、犬を散歩につれてきたおじいさんがいるだけだ。

どちらともなくベンチに腰をおろした。相原はマンホールの蓋《ふた》を眺めている。きっと、あのときのことを思い出しているにちがいない。

「カッキーのときはうまくいったけど、こんどはエイリアンが相手じゃ気が重いなあ」

向こうから、ピンクのトレーニングウェアを着た純子が走ってくる。二人を見つけて手を振った。

「いつもジョギングやってんのか？」

「そうよ。美容と健康のために……、なんちゃって。ほんとは家にいるとガキどもがうるさいからよ」

純子の家は中華料理屋で、七人兄弟である。

「二人とも何？　深刻な顔しちゃって」

「宇野が帰ってこねえからさ」

「やっぱり、UFOにつれて行かれちゃったの？」

「そうらしい」

「いいなあ、私をつれてってくれればよかったのに」

純子は額の汗を拭《ふ》きながら口惜《くや》しがっている。

「こっちはそれどころじゃないんだ」

「どうしたの？」

純子が英治の顔をのぞきこんだ。

「UFOなんて、おとなはだれも信じやしねえ。狼少年ごっこをやって、宇野をどこかに隠したと思ってるんだ」

「それでどうなるの？」

「おれたちで、宇野を捜すしかねえだろう」

「だって、UFOがつれてっちゃったんでしょう？」

「そうさ」

「どうやって捜すの？」

「それを二人で考えてるのさ」

「そうかあ」

純子は二人と並んでベンチに座ると、両手でほっぺたを押さえた。

「木下君に聞いたら？」

だしぬけに言った。

「いま聞いてきたところさ」

「さすが、やるわね。どうだった？」

「今夜、もう一度ＵＦＯを呼び出して、聞いてもらうことにしたけど、見通しは暗そうだ」

「私、見に行きたい」

「だめだ、つれて行かれちまうぜ」

「いいじゃん。私、宇宙を見てみたいよ」

「影にされちゃうかもしれないんだぜ」

「影？」

「ＵＦＯに乗ってる連中は、みんな影なんだって。だから、こういう明るいところだと消えちゃうんだ。そんなふうにされてもいいのか」

「いやだよ、そんなの。宇野君はじゃあ影にされちゃったの？」

「もしかすると、影にされちゃったかもしれねえ」

「やめてぇ」

純子が派手な声を出したので、犬をつれたおじいさんがこっちを見た。

「やっぱり、木下を見張ってみるべきだと思うな」

相原がぽつりと言った。

「それはいいけど、おれたちがやったらばれちゃうぜ」

「うちの弟と妹にやらせたら？　小学校と幼稚園だから、向こうも油断するんじゃない」

「やってくれるか？」

「やるよ。こづかいを少しやれば……」

「おれ、五百円持ってる」

相原は、ポケットから五百円玉を一個出した。英治もポケットを探すと、百円玉が三つ見つかった。

「おれ三百円ある」

二人で八百円を純子の手にのせた。

「これだけあれば喜んでやるわよ」

純子は八百円をポケットに入れた。

「そうだ、佐竹《さたけ》の弟の俊郎《としろう》にもやらせようや。木下が出かけたら、あいつの犬に、あとをつけさせればいい」

英治は不意に廃工場を思い出した。

「あのアメリカン・ピット・ブル・テリア。タローだったよな」

「木下はガキとタローにまかせて、おれたちは報告を聞くことにしようぜ」

「純子、朝から冴《さ》えるな」

相原にほめられて、純子はすっかりご機嫌になった。

5

英治は食事をすますと相原の家に出かけた。出かけるとき詩乃から、

「いい加減にしなさいよ」

と言われた。ひとの苦労も知らないで。

「うるさい!」

と、どなりたい衝動をかろうじて抑えた。

相原の家には、安永、柿沼、中尾、谷本、久美子が来ていた。純子の姿がない。

「純子はどうした？」

「木下んちの近くで、ガキたちのリモコンをやってるよ。何かあったら連絡くれることになってるんだ」

相原は、トランシーバーを英治に見せた。きっと谷本が持ってきたのにちがいない。

きょうは、さすがにどの顔も沈んでいる。

「セン公と戦争するんなら、方法も考えられるけど、相手がエイリアンじゃ、やりようがねえぜ」

安永はボクシングのポーズをとって、空間にパンチを出した。

「やつらは影だってんだろう。もしかしたら、ここにいるかもよ。ほら、そこだ」

「やめてよ、カッキー」

いつもは威勢のいい久美子が、まわりを見まわして顔をひきつらせた。

「久美子も案外臆病《おくびょう》なんだな」

中尾が冷静な声で言った。

「だって、影なんて気味わるいよ」

「そうだよな、影をなぐっても蹴《け》ってもこたえねえもんな。久美子のケリもきかねえよ」

安永は笑ったが、声がどことなくぎこちない。

「そのかわり、真っ暗になって光がなくなれば溶けちゃうから平気さ」

「そうかぁ、光がなければ影はねえもんな。中尾って、やっぱりアッタマいい」

「ありがとう」

中尾は、安永にほめられて照れくさそうだった。

『もしもし、こちら純子、聞こえますか？　どうぞ』

突然、トランシーバーから声がした。

「こちら相原、よく聞こえます。どうぞ」

『いまエイリアンが家を出ました。尾行を開始します。どうぞ』

「見つからないように、うまくやってください。では健闘を祈ります。どうぞ」

『また連絡します』

トランシーバーは、ふたたび沈黙した。緊張していたみんなの顔が、やっともとにもどった。

「エイリアン、どこに行くのかな」

柿沼がつぶやいたとき、佐竹哲郎《てつろう》が入ってきた。

「みんなそろってるな」

佐竹が元気のいいのは、事情をよく知らないからだ。

「タローが行ったから、もう安心してくれ」

「いくらタローだって、影には勝てねえぜ。噛《か》みつかれたって、平気だもんな」

「安永、影ってなんだ？」

佐竹が不思議そうな顔で聞いたので、英治が、これまでのことを話した。

「なんでおれも誘ってくれなかったんだよ」

佐竹はふくれた。

「おまえに連絡がとれなかったんだ。ま、そうおこるなよ」

柿沼がなだめた。

「おれ、木下ってやつ知らねえけど、そんなに気味わるいやつか？」

「そりゃ、エイリアンだもん」

「まだ、そこまで言うのはどうかな」

中尾がたしなめた。

「木下はエイリアンじゃないかもしれねえけど、エイリアンと話ができるのはたしかだ」

「それもどうかな」

「じゃあ、木下はおれにうそをついてんのか？」

英治は、まるでおとなみたいな口のきき方をする中尾に、むっとなった。

「あいつはほんとだと思ってることを言ってるのかもしれない」

「頭がおかしいっていうのか？」

「そういうことも考えといたほうがいいと思うんだ」

「じゃあ聞くけど、宇野はどうして消えたんだ？」

「それはわからない」

「中尾君でも解けないの？」

久美子は意外そうな顔をした。

「全然だ」

中尾がわからないと言ったので、英治は少し気分が直った。

「今夜、木下はUFOを呼ぶって言ってるから、何かわかるさ」

「そこへ、タローつれて行こうか」

「それはいい考えかもしれないな。だけど、木下には近づかねえほうがいい」

「どうして？」

「タローがUFOにつれて行かれちゃうかもしれねえぜ」

「タローは大丈夫さ。地上最強なんだ」

「だけど、相手はエイリアンだからな」

「おれも菊地の意見に賛成だ。無茶はしないほうがいいと思う」

相原が言った。それから三十分ほど、みんなエイリアンやUFOの話に夢中になった。

電話が鳴った。相原が受話器を取るとスピーカーホンにした。

『もしもし、相原君か？』

男の声だ。

「そうですが……」

『私は樺島だ』

「あ、教頭先生」

「カバだ」

みんなが顔を見合わせた。

『君たちは、わるい遊びをやっとるらしいな』

「わるい遊びってなんですか？」

『とぼけても無駄だ。私はみんな知っている』

「ぼくにはわかりません」

『わからなければおしえてやろう。君たちは宇野君をどこかに隠して、ＵＦＯにつれて行かれたと言い触らしているんだろう』

「宇野がいなくなったのは事実ですが、ぼくたちが隠したんじゃありません」

相原は自分のペースを取りもどしたのか、落ち着いた口調になった。

『では、どこに行ったんだ？』

「わかりません」

『君たちは、きのうの夜UFOを見ると言って、河川敷に集まったそうじゃないか』

「はい、たしかに集まりました」

『そこでUFOを見たのか？』

「ぼくたちには見えませんでしたけれど、UFOはやってきたらしいんです。その証拠に宇野はいなくなりました」

『そんなでたらめなことを言って、信じる者がいると思うのか？』

「信じてもらえないかもしれませんが、これは事実なのです」

『よく、しらじらしく言うもんだ。では聞くが、私の家に電話して、私の妻に知事が絵を買いたいと言ってきたのはだれだ？』

「そんなこと、全然知りません」

みんな、声を立てずに笑っている。

『君たちは、おとなをだますのがそんなにおもしろいのか？』

樺島は、怒りを必死に抑えている声だ。

「おとなをだますなんて、そんなことしませんよ」

『鬼丸先生と校長先生をだましたのも君たちだろう。ヤクザにつかまったなんてうそをついて』

「あれはほんとうのことです」

『ふざけるんじゃない。鯉のぼりを釣らせるヤクザがどこにいる？』

「そうですか」

『もういい！　あしたの朝までに宇野があらわれなかったら、君たち全員を処分するからそのつもりでおれ』

「全員って、だれとだれですか？」

『君と菊地、それに河川敷へUFOを見に行った者全員だ』

「ぼくたちは、何もわるいことしていませんよ。それなのに、どうして処分を受けなくちゃならないんですか？」

『君たちは、わるいことといいこととの区別もつかん。これから徹底的におしえてやる』

「そんなことしたら、ぼくたちもUFOに乗って行っちゃいますよ」

『行きたければ、どこへでも行け！』

樺島は遂に我慢の限界に達したのか、受話器をたたきつけるようにして切ってしまった。

「カバのやつ、相当頭にきてたぜ」

安永は、笑いをこらえていたせいか、苦しそうな顔をしている。

「あした、学校へ行ったらたいへんだよ」

久美子は、そう言いながら全然気にしてない顔だ。

「宇野も、おれみたいに誘拐されたんなら話はわかるんだけどな」

柿沼はにやにやしている。

「カッキーを助け出すのもらくじゃなかったぜ」

安永が久美子を見ると、

「でも、あれはおもしろかったよ」

「とにかく、宇野はおれたちで捜し出さなくちゃならないな」

相原がみんなの顔を見ると、一様にうなずいた。

また電話が鳴った。

『もしもし、純子』

「どうした？」

『エイリアンにまかれちゃったよ』

「どうして？　タローもついてたんだろう？」

佐竹が言った。

『だって、外車がきて乗せてっちゃったんだもん、どうしようもないよ』

純子は半泣きである。

「外車が……?」

『あれはベンツだよ。堤防の上でエイリアンの脇にすっと止まると、乗っけて行っちゃったの』

「ベンツにどんなやつが乗ってた?」

『遠くてわかんなかったよ』

「そうか。じゃあしかたないから帰ってきてくれよ」

『ドジしちゃって、みんなに謝っといてよ。じゃあね』

純子は電話を切った。

「車じゃ、タローもしようがないよな」

佐竹は肩を落とした。

「あいつ、なんだか、ますます怪しくなってきたな」

谷本が言うと柿沼が、

「つけられたこと、どうして気づいたんだ?」

「エイリアンだから、こっちの考えることみんなわかっちゃうのかもよ」

谷本は自分で言って、ぞっとした顔をした。

「今夜だ。とにかく今夜まで待とうぜ」

英治はみんなをなだめるつもりで言ったのだが、

「待っても無駄だと思うぜ」

柿沼が言うと、安永も久美子もうなずいた。

「たとえ木下がエイリアンであっても、おれたちは宇野を見つけ出すんだ。みんな協力してくれるか？」

相原は、頬を真っ赤にし、強い調子で言った。

「あったりまえさ」

「おう、やろうぜ」

佐竹が英治の手をぎゅっとにぎった。

「見殺しにするわけにはいかねえよ」

安永もつづけた。

「よし、みんなでやろう」

声が一つになった。

3　二人消えた

1

「木下はいま家を出たぞ」

トランシーバーを耳にあてていた谷本がみんなの顔を見まわした。

木下のマンションの近くには純子が見張っており、そこからの無線連絡なのだ。

橋の下には、英治、相原、中尾、安永、天野、佐竹、立石、柿沼、小黒、日比野。それに谷本の男子十一人と、女子は久美子、佐織、ひとみの三人が集まっている。

「やつんちからだと、十分でここへこれるな」

さっきまで見えていた相原の顔が、いまは見えなくなった。

夜があたりを支配しはじめていた。

「みんな、しっかり手をつないでろ。絶対一人になるなよ」

英治は黒ぐろとした闇に向かって言った。「おう」という返事がかえってきた。

「手をつなごうぜ」

この声は天野だ。英治の左手をだれかがつかんだ。英治も右手でつかむ。この手の感じはひとみにちがいない。昼間だったらそんなことはないのに、胸がどきどきしてきた。

タローが低いうなり声を出した。

「しッ」

佐竹の声だ。

「放せと言うまで、タローを放すなよ」

相原が言った。

「うん、わかった」

佐竹の緊張がみんなにつたわった。にぎっている手が汗ばんできた。

「木下が着いた」

谷本が低い声で言った。英治は堤防に視線を向けた。目を凝らしていると、少し明るい空にシルエットが浮かび上がった。

「きたぞ」

安永の声だ。英治の右手がぎゅっとにぎりしめられた。

「大丈夫だ」

英治は、顔の見えないひとみに言った。

「うん」

というかすれた声が返ってきた。

堤防の上のシルエットが消えた。

やがて、草を踏む音がかすかに聞こえてきた。木下は意外に近くへくるみたいだ。

やがて、この前と同じ呪文《じゅもん》が低く聞こえてきた。つづいて懐中電灯の赤い光が輪を描く。その速度が次第に速くなっていく。これも、この前と同じだ。

「宇野ぉ、こっちへこい」

木下が叫ぶ。それはほとんど絶叫と言っていい。

「UFOがきたの？」

ひとみが聞いた。

「そうらしい」

「見える？」

「全然だ」

闇の中に見えるのは、赤い光の点だけだ。

「宇野ぉもどってこい。みんなが待っているぞ」

木下がまた叫んだ。

「あいつ、どこに向かって言ってんだ。UFOは影も形もねえじゃんか。もう、こんなインチキ芝居はたくさんだ」

安永は、いきなり立ち上がると、闇の中に走って行った。

「安永、やめろ。もどれ」

英治は思わず大きい声を出した。しかし、安永の足音は見る間に遠ざかる。タローがうなり声をあげた。

「タローが何か感じたらしい。放してもいいか?」

佐竹が言った。

「やめろ、もし木下に飛びかかったりしたら、えらいことになる」

相原が押さえた。木下はまだ宇野を呼びつづけている。そして、遂《つい》に悲鳴になって消えた。あたりは、物音一つしない闇である。

「木下どうした?」

「安永は……?」

「行ってみよう」

相原の一言で、みんな手をつないだまま立ち上がった。

「木下ぁ」

「安永ぁ」

口ぐちに呼びかけながら、枯草を踏みつけて進む。

「木下だ」

柿沼の懐中電灯が照らす光の輪の中に、横たわっている木下の姿が浮かびあがった。

「死んじゃったの？」

ひとみが悲鳴をあげた。柿沼が駆けよって心臓に耳をあてた。

「生きてる。気を失ったみたいだ」

柿沼は、木下のほっぺたを、三、四回たたいた。木下の目がうっすらと開く。

「よかった」

ひとみは、からだの力が脱《ぬ》けてしまったのか、その場にしゃがみこんだ。

「宇野はもどってきたか？」

木下は、ほとんど聞き取れない声でつぶやいた。

「もどってこない」

英治が顔をくっつけるようにして言うと、

「だめか」

と言うなり、また目を閉じてしまった。

「しっかりしろ」

英治は、からだを揺さぶった。

「大丈夫だよ」

木下はゆっくりと起き上がった。

「宇野の姿が見えたんだけど、何度呼んでももどってこないんだよ」

「じゃあ、UFOはきたのね」

久美子が聞いた。

「きた」

「私たちには見えなかったわ」

「見えないほうがいいのかもしれないよ」

「宇野は、もう二度とおれたちのところへ帰ってこないのか?」

日比野は、いまにも泣き出しそうな声で聞いた。

「わからない」

木下は首を振った。

「どこへ行ったのか、もちろんわかんないよな」

立石は半分諦《あきら》めている感じだ。

「うん」

「そいつは困ったことになったなぁ」

英治は空を仰いだ。

「おとなもセン公も、おれたちが宇野を隠したと思いこんでるんだ」

「ほんとのこと言えばいいのに……」

「言ったって、信じるわけねえだろう」

「そりゃそうかもな。ぼくがＵＦＯ呼べるなんて言ったのがわるかったんだ」

木下はがっくりと首を落とした。

「ねえ、安永君どうした？」

突然、久美子が言った。

「木下、おまえ安永を見なかった？」

英治が聞いた。

「見なかったよ。安永君どうかしたのか？」

「お前の声のするほうへ走って行ったんだけど、それきりなんだ」

「あいつ、ＵＦＯが見えねえって頭にきてたからな。家に帰っちゃったんじゃねえのか」

天野が言うと久美子が、

「家に帰っちゃうなんて、そんなこと信じられないよ」

「じゃあ、どこへ行っちゃったんだ？　まさか……」

みんな顔を寄せ合った。考えていることは一つなのだ。

「あのとき、タローがすごいうなり声あげたことおぼえてるか？」

佐竹が言った。

「おぼえてる。そうか……」

天野もみんなも、それから先を口にするのがこわいのか黙ってしまった。

「安永ぁ」

立石が闇に向かって大声をあげた。つづいて、全員が安永の名前を呼んだ。しかし、返事はなかった。

「安永の家には電話がなかったから、おれ行ってみるよ」

相原は、闇に目を向けたまま言った。

「おれも行く」

英治が言うと、つづいてみんな行くと言い出した。

「あんまりみんなで行くと大袈裟《おおげさ》になるから、おれと菊地で行って見てくる。安永がいたらみんなのところへ電話する。電話がなかったら、いなかったと思ってくれ」

相原の声は、だんだん暗くなった。

安永は自分の家に友だちを呼んだことがない。おんぼろ都営住宅だからというのがその理由である。

だから、相原も英治も安永の家を知らない。困っていると、久美子が、

「私が知ってるから案内するよ」

と言った。そこで三人で行くことになった。

きょうは、きのうとちがって星が見える。しかし風が冷たい。

英治も都営住宅のあるところは知っている。歩いてここから十五分はかかるはずだ。

町を抜けると、工場の塀が長ながとつづいて、人通りもなくなった。

「安永君のお父さん、交通事故に遭ったこと知ってる？」

久美子がぽつりと言った。

「知らねえ」

二人同時に言った。

「安永君、みんなに言うと、同情されるから黙っててくれって言ったんだ」

「あいつって、そういうやつなんだ。いつのことだ？」

「二週間くらい前だったかな。いま入院してるよ」

「ひどいのか？」

「ぶつけられて、足の骨折っちゃったんだってさ。二か月はかかるらしいよ」

安永の父親は大工だ。大工が足をわるくしたら、働けなくなるのではないだろうか。

英治は心配になってきた。

「もとどおりになるのか？」

相原も同じことを考えていたにちがいない。

「わかんないって」

「あいつ、おれたちになんにも言わねえんだもんな。水くせえよ」

話を聞いたところで、何もしてやれないけれど、英治はちょっとさびしい気がした。

「つっぱってんのさ」

「安永らしいや」

「この話、聞かなかったことにしてよ」

「うん」

相原は、それ以上何も言わない。

都営住宅の明りが見えてきた。久美子は、先に立って、同じような家の間を進む。

何度か標札を見てから、一軒の家の前までくると、

「ここだよ」

と、二人を手招きした。古びた木の標札に、安永征一《せいいち》と下手な字で書いてある。

「こんばんは」

久美子はドアに向かって言った。

「たしか、弟と妹がいたはずだよな」

英治が言ったとき、ドアが細目に開いて、小学校の低学年くらいの女の子が顔を出

した。

「お兄ちゃん帰ってる？」

久美子が聞いた。

「まだ」

「どこへ行ったか知らない？」

「知らない」

それだけ言うと、女の子はドアをばたんと閉めてしまった。

三人とも、顔を見合わせたまま言葉もない。久美子の大きい目に、涙がふくれ上がったと思うと、ぽろりと落ちた。

2

翌朝、英治は相原と打ち合わせて、いっしょに学校へ行くことにした。

途中、安永の家に寄ってみたが、予期したとおり安永は帰っていなかった。

「二人も消えちゃうなんて、ただごとじゃねえぜ」

英治が話しかけても、相原は返事をしない。そのまま、二人とも黙って学校までできてしまった。

学校は、三年生が卒業して一年生と二年生しかいない。急にがらんとなって、みんななんとなく落ち着かない。

教室に入ると、さっそくひとみがやってきた。

「安永君いた？」

「いなかった」

英治は木下のほうを見たが、木下は聞こえてないみたいに、じっと前を見ている。

「木下君、どうしてくれるの？」

ひとみは、木下につめ寄った。

「そう言われても、ぼくは困るよ」

木下は弱々しい声で答えたが、目は、ぞっとするほど冷たい光を帯びていた。

「二人もいなくなっちゃったのよ。知らないじゃすまないでしょう」

木下は口をつぐんだまま何も言わない。

「もうよせよ。木下に言ってもしかたないだろう」

英治はひとみを引き離した。

「じゃあ、二人のことは忘れちゃえって言うの？」

「そうは言ってないさ。おれたちで捜すのさ」

「どこを……？」

そう言われると、返事のしようがない。

担任の森嶋が入ってくると、英治に校長室へ行くよう言った。

——いよいよきたな。

英治は、覚悟を決めて廊下に出た。

「菊地」

うしろから相原の声がした。

「校長室へ行くのか？」

「おまえもか？」

「うん」

相原は、いつもと変わらない顔をしている。

校長室へは二人いっしょに入った。中には校長と教頭がいた。

「そこに座りたまえ」

校長がきびしい顔で言った。二人は並んでソファに腰をおろした。

「宇野は、きのうもとうとう帰ってこなかったそうだな」

教頭は二人の前で仁王立ちになった。

「はい」

「私は、きのう君に言ったはずだ」

「はい」

「はいじゃわからん、どうするつもりなんだ？」

教頭は、手にしていた雑誌でテーブルをたたいた。

「捜します」

相原は、教頭の顔をしっかりと見て言った。英治だとこういう場合、つい目をそらしてしまう。

「捜すだと……？」

教頭は唇のはしを歪《ゆが》めてわらった。

「隠れん坊してるんだろう。早く出てこいと言えばいいんだ」

「どこに隠れているのかね。もう言ってくれてもいいだろう」

校長が猫なで声を出した。

「いたずらも限度というものがある。限度を超すと、取り返しがつかなくなる。きのう言ったはずだ」

「宇野は、学校にきたくない理由でもあるのかね」

教頭が強い調子で責めると、校長はやわらかい調子でなだめる。それを交互にくり返すのだ。

「ないと思います。宇野だって、学校にきたいはずです」

「君はぬけぬけと言うね。その分じゃ、将来が空恐ろしいよ」

「教頭先生、ぼくたちは宇野を隠したりなんかしません。きのうもみんなで宇野を捜しに行ったんです。そうしたら、こんどは安永がいなくなっちゃったんです」

英治は相原のようにはうまく話せない。何度かつかえながら言った。

「なんだって、こんどは安永か……。君たちもずいぶん手のこんだことをするもんだな。発案者は相原か？」

「いいえ」

「すると、またUFOにつれて行かれたと言いたいのか？」

「そうは思いたくありませんが、ほかに理由が見つからないんです」

教頭は乾いた声で笑ったが、目は全然笑っていない。

「もういい、もういい。君らはうそつきの天才だ。まあ、せいぜいおとなをからかっているがいい。しかし、このままですむと思っていたら大まちがいだぞ。それをよくおぼえておけ」

二人を指さす教頭の手は、怒りのためか、ぶるぶるふるえている。

「ぼくらはうそはついてません」

相原は冷静な調子をくずさない。

「いいから帰れ！」

教頭がどなった。二人は放り出されるようにして校長室を出た。

教室にもどると、もう授業ははじまっていた。

「どうだった?」

うしろの席の木下が小さい声で聞いてきた。

オソマツとカバが頭にきてた

ノートをちぎると、そう書いてうしろにまわした。紙は木下からつぎつぎとまわり出した。西尾正規《にしおまさのり》のところまでまわってきたとき、西尾は紙を落としてしまった。あわてて拾おうとすると、森嶋が、

「西尾、その紙を持ってこい」

と言った。西尾は紙を持って教壇まで行った。

「みんなのほうを見て、読んでみろ」

西尾は紙を手にしたまま黙っている。

「読むんだ」

森嶋が大きい声を出した。

「オソマツとカバが頭にきてた」

西尾が大きい声で読むと、教室は爆笑の渦になった。

「それを書いたのはだれだ？」

「はい」

英治は手を挙げた。

「おまえは、自分のやったことを全然反省しないのか？」

「しません」

「なぜだ」

「ぼくは、わるいことをしていないからです」

「わるいことをしてないだと……？」

「はい」

「鬼丸先生を川に入れたことを、わるいと思わんのか？」

「先生、どうして知ってるの？」

ひとみが聞いた。

「おれは地獄耳《じごくみみ》だ。おまえたちのやることはみんなわかる」

森嶋はにやっと笑った。

「あ、先生笑った。喜んでる」

「紋次郎《もんじろう》は鬼が嫌いなんだ」

紋次郎は森嶋のあだなである。

「冗談を言っている場合じゃない！」

森嶋の言葉には迫力がない。

「あんなやつ、好きなのはいねえよ」

「たとえ嫌いでも、荒川で泳がせたのはやりすぎ」

「先生にはやらねえから安心しなよ」

「うそは泥棒のはじまりだぞ」

「きゃあ」

いっせいに机をたたいて爆笑である。

「じゃあ先生に聞きますけど、オソマツとカバ、好きか嫌いかどっちですか？　正直に答えてください」

ひとみが立って聞いた。

「そういうことは、君たちに答える必要はない」

「先生逃げた。ずるい」

「いいかみんな、よく聞け。人間に好き嫌いがあるのはしかたない。しかし、嫌いだからといって付き合わなかったら、社会生活はできない。こういうことは口にしてはいけないことだ」

森嶋は、ひとことずつ言葉を選ぶように話した。

「ということは、つまり先生はオソマツとカバが嫌いだってことなんだ」

いちばん前の席の中尾が、みんなのほうを向いて言った。

「そうだ、そうだ」

拍手が湧き起こった。

「校長先生を、そういじめるな」

「そうはいかないよ」

「こんどの校長はカバですか？」

「そういうことは、へっぽこ教師のおれに聞かれても知らん」

「カバが校長になったら、学校は暗くなるぜ」

「先生は異動しないんですか？」

ひとみが聞いた。

「追い出したいだろうが、おれはこの学校に残る」

拍手がぱらぱらと起こった。

「もうすぐ終業式だ。それまでにはいたずらもやめろよ」

英治は、森嶋までいたずらだと思っていることに、少なからずショックを受けた。

これはいたずらじゃないと言おうと思ったが、どうせわかってもらえないと思ってやめることにした。

3

「相原君、菊地君」

校門のところで追いかけてきた佐織に声をかけられた。

「安永君、とうとうこなかったね」

佐織は心配そうに言った。

「うん」

「きょう二人とも校長室に呼ばれたでしょう。何言われたの？」

「もう遊びはやめろって言いやがった」

英治は教頭の顔を思い出した。

「まだ狼少年ごっこだって思ってんの？」

「おれたち、ほんとの狼少年になっちゃったらしいぜ」

相原は笑顔を見せた。

「まいったね。どうやって捜すの？」

「わかんねぇ。なんたって、相手はＵＦＯだからな」

「そんなのんきなこと言ってていいの？」

「のんきじゃねえさ。これでも焦ってんだ。だけど、どうしたらいいか……」

相原は空に向かって両手を挙げた。

「ねぇ、瀬川のおじいさんに相談してみたら？」

「瀬川さん、どこにいる？」

瀬川の名前を聞くと、英治は胸が熱くなってくる。廃工場での七日間戦争。そしてヤクザとの戦い。

いつのときも、瀬川は英治たちに力を貸してくれた。

「おととい、ふらっとやってきて、永楽荘アパートに引越すんだって」

「へえ、瀬川さんがきたのか」

英治は、急に目の前が明るくなった。

「ヤサグレやめちゃったのかな」

「いまは寒いから。また暖かくなったらはじめるんじゃない」

瀬川が老人アパートでじっとしているわけがない。

「行ってみようか」

相原が言った。

「うん」

瀬川なら、何かヒントをおしえてくれるかもしれない。それより何より、会いたい。

「行ったら喜ぶよ。ことしになってから一度も会ってないでしょう」

「そうだったなあ。おばあさんどうしてる？」

佐織に言われて、英治は石坂《いしざか》さよの顔を思い出した。

「元気にやってるよ」

角を曲がったところで、自転車でやって来た水原由紀《ゆき》とばったり出会った。由紀は佐織のテニス部の先輩である。

「先輩、高校どうでした？」

「合格よ」

由紀は指で丸をつくった。

「おめでとう。あそこに入れば、もう大学受験の勉強しなくていいんでしょう？」

「そう。これからテニスに燃えるわよ」

由紀の明るい表情には、陰のひとかけらもない。

「いいなあ」

「あなたもいらっしゃいよ。待ってるわ」

「はい」

「じゃあね」

由紀は髪をなびかせながら、まるで春風が通り過ぎるように行ってしまった。

「すてき」

佐織は、後ろ姿が消えるまで見送っていた。こういう気持ちは、英治たち男子には、どうも理解できない。

「佐織、水原先輩と同じ高校に行くのか？」

「うん、行きたい」

「大学出たらなんになるんだ？」

「テレビ局に入りたい」

「タレントか？」

「ちがうよ」

佐織は強く否定した。

「レポーターになりたいんだ」

「矢場勇《いさむ》みたいなのか？」

「あんなかっこわるいのはいやだよ」

「そうなると、老稚園はどうなっちゃうんだ？」

相原が聞いた。

「実はそれがあるんだ。だからこう考えてるの。結婚してだんなさまに老稚園の園長になってもらって、私はテレビレポーターになる」

「そんなに都合のいいやつがいるか？」

「そういうの見つければいいでしょう」

銀の鈴老稚園が見えてきた。その隣に三階建ての真っ白なアパートが見える。

「あれが幽霊アパートの永楽荘だぜ？」

英治は、振り向いて相原を見た。

「すっげぇや。老人アパートなんてとても思えねえよ」

相原もうなずいた。

玄関に入ると、ちょっとしたホテル並みで、小さいけれどロビーがある。管理人室もちゃんとあった。

「あそこに、おばあちゃんがいるのよ」

英治は、管理人室のドアをノックした。

「どうぞ」

中から若やいだ声がした。ドアをあけると、石坂さよと瀬川がこたつで向かい合っている。

「こんちは」

二人そろって頭を下げた。

「やあ、二人ともよくきてくれたね。まあ、お上がりよ」

「いま、学校の帰りなんです。佐織が瀬川さんがいるからと言うので、会いたくなってきたんです」

「そうか、そうか。まあ上がりなさい」

瀬川もさよも、すっかり相好《そうごう》をくずしている。

「私はちょっと家にかばん置いてきます」

佐織が帰って行った。

「君たちは、ちょっと見ないうちに大きくなったみたいだな」

「ほんとだねぇ」

さよは、二人を頭の先から足の先まで、なめるように見まわしている。

「二人そろって、しかも学校の帰りにやってきたところをみると、何か相談したいことがあるんだな」

瀬川は、相原と英治が座るのを待って口を開いた。この分だと、まだぼけていないようだ。

「そのとおりです」

「話してみな」

相原は、これまでのいきさつをくわしく瀬川に話した。

黙って聞いていた瀬川は、話が終わるとお茶をひと口飲んだ。

「おじいさん、UFO見たことありますか?」

英治が聞くと、瀬川は首を小さく振って、

「ないね」

と言った。するとさよも、「私も」と、つづけた。

「実は、ぼくたちも見たことないんです」

「それで君たちは、二人ともUFOにつれて行かれたと信じているのか?」

「信じたかないんですけど、それ以外考えられないんです」

「君までそんなこと言っちゃいかんな」

瀬川は、相原をじっと見つめた。優しい目をしている。

「UFOじゃなかったらなんですか?」

「手品だよ」

「手品?」

英治は、思わず大きい声を出してしまった。

「そのとおり」

「だれがやったんですか?」

「君たちの目を木下という子にひきつけておいて、消してしまったのだ」

「それじゃ、木下には仲間がいるんですか？」

「もちろん。一人ではできない。仲間といっても子どもではない。仲間というより、木下はその連中につかわれているのかもしれない」

「木下はいったい何ものですか？　そのおとなたちはエイリアンですか？」

「宇宙人なんかじゃない。正真正銘の人間だよ」

「おじいさん、どうしてそんなことがわかるんですか？」

瀬川があまりに断定的に言うのが、英治の頭にこちんときた。

「君たちの年では見えないことでも、わしくらいの年になると、見えてくるものだ」

そう言われると返す言葉はないが、これで納得したとは言えない。

「そいつらが、安永や宇野をつれて行った理由はなんですか？」

「それは、わしにもわからん。しかし、そのカギは木下という子がにぎっている」

「木下が……」

「木下のことを話してくれないか」

瀬川に言われて、英治は、木下について知っていることを全部話した。

「よし、ではわしが行って調べてみよう」

瀬川は、目を閉じたままつぶやいた。

「おねがいします。おとなもセン公も、ぼくたちの言っていることを信じてくれないんです」

二人そろって頭を下げた。

「これは、君たちが考えているよりも、ずっと複雑な事件かもしれないな」

「事件ですか……。まさか安永と宇野が殺されるなんてことないですよね」

英治は、自分ながらばかなことを言ってしまったと思ったが、瀬川の表情は、見たこともないほど険しい。

「何が起きてもおどろいてはいけない」

突き放した冷たい声。英治のからだが勝手にふるえだした。

4

相原と英治は、ジュースも飲まず、お菓子も食べず、あたふたと帰って行ってしまった。

「ちょっと、おどかしすぎじゃなかった？」

さよの目が瀬川を批難していた。

「そんなこたぁない」

「ほんとうに、たいへんなことなの？」

「いやなことが起きそうな予感がするんだよ」

「いやなことって、まさか……」

「わからんな」

「これからどうするの？」

「せっかく相談にきたんだ。助けてやらんわけにもいかんだろう」

「しばらくじっとしていたから、またヤサグレの虫が動き出したんでしょう」

「春だからな」

子どもが二人、つづいて消えてしまう。子どもたちはUFOにつれて行かれたと信じている。

一方おとなたちは、子どもたちのいたずらだと思いこんでいる。

いったい、だれがなんの目的で二人の子どもを隠したのだろう。

宇野の家は中流のサラリーマン。安永の家は大工。しかも父親は交通事故で入院しているという。どちらの家にも、なんの連絡もない。

誘拐して、金を奪うのが目的ではなさそうだ。

「木下っていう子の家に行ってみるつもり？」

「いきなり会いに行ったら警戒されるのがおちだ」

「いい方法がある。時代劇でよくつかう手をまねするんだ」

「どんな手？」

「ほら、お姫さまが悪いやつに取り囲まれて、あわやと思ったとき主役がやってくるだろう。そして、悪いやつをばったばったとたおして、お姫さまを救い出す。あの手をつかうんだ」

「木下って子がお姫さまで、あなたが主役？」

「そうだ」

「悪いやつはだれがやるの？」

「チンピラにぴったりなのをわしは知ってる。それにこづかいをやってたのめばいい」

「いつやるの？」

「あした、学校の帰りにやるか」

「おもしろそうね、私も見に行こうかしら」

さよはのってきた。

「いいよ、わしのかっこいいところを見せてやろう」

瀬川の血が久しぶりに騒ぎ出した。

「それはそうね」

瀬川は、翌日になるのが、子どもの遠足のように楽しかった。

さよと二人、学校の近くで待っていると、相原がやってきた。

「ほら、菊地といっしょに行く、顔色のわるいひょろひょろのやつがいるでしょう」

相原が指さしたほうを見ると、たしかに英治のあとから、もやしみたいな子どもがついて行く。

「あの子は、ほんとうにどこかわるいね」

「あと三年しか命がもたないんだって」

「かわいそうに」

さよは、胸を手で押さえた。

「あいつが、悪いやつとぐるになって、安永と宇野を隠すなんて考えられないでしょう」

たしかに、相原の言うとおりだ。瀬川の頭も混乱してきた。

「あの子は、悪いことなんてできやしないよ。私にはわかるね」

さよもそう言う。瀬川はうしろを振り向くと、見え隠れについてきた三人に合図した。

三人は、瀬川がヤサグレしていたとき仲良くなったチンピラである。

足早に瀬川たちを追いこすと、英治と木下のまわりを取り囲んで、インネンをつけている。

「芝居とは思えないなあ」

相原は感心している。

「そうさ。連中はカツアゲのプロだからな」

英治が突き飛ばされた。

「あら、あら、かわいそうに」

かわいそうと言うのは、さよの口ぐせだ。

木下がつれて行かれる。

「さあ、そろそろわしたちの出番だ」

瀬川がステッキをにぎりしめると、さよは買い物袋をしっかりと抱えた。

商店街は終わって、工場の塀がつづいている。人通りはない。

木下を取り囲んだ三人が、路地を曲がった。

「行こう」

瀬川は駆け出した。

「相原君はもう帰ったほうがいい。さよさん、あんたはゆっくりおいで」

瀬川が路地を曲がると、三人は木下をおどかしているところだった。

「こらッ。お前たちは何をやっとる」

瀬川は一喝すると、ステッキを正眼にかまえた。

「なんだ、このじじい」

一人が近づく。

「やあッ」

瀬川が振りおろしたステッキは、肩にびしっと決まった。

「痛ぇッ」

男は肩を押さえて、よろよろと瀬川のところまでくると、

「ほんとになぐるなんて、打ち合わせとちがうじゃんか、割り増しもらうぜ」

と、小声で言った。

「わかった。そこにぶっ倒れろ」

瀬川も小声で言うと、男はうめき声をたてながら、その場にしゃがみこんだ。

なかなかの演技力である。

「さあ、つぎこい」

と言ったとき、さよが姿をあらわした。

「こんどは私にやらせておくれ」

さよは、ポシェットを振りまわした。二番目の男のほっぺたにあたった。

「な、何すんだよ」

「それはこっちが聞きたいよ」

こんどは相手の靴を思いきり踏んだ。

「痛ッ」

二番目の男は飛び上がると、うらめしそうに瀬川を見た。

「すまん、このばあさん歯止めがきかんのだ」

小さい声で言ったので、相手には聞こえなかったかもしれない。

三番目の男は、瀬川がステッキを振り上げたとたん逃げ出した。最初の二人もそのあとにつづいた。

「弱虫めが」

瀬川は、悠然と服装を整えた。

「坊や、けがはなかったかい？」

さよは木下のそばまで行って、優しく声をかけた。

「大丈夫です。ありがとうございました」

木下は、しっかりした口調で挨拶《あいさつ》した。

「家まで送ろう。どこかね？」

「そんなことしていただかなくてけっこうです」

「いや、一人になるとあの三人組がまたあらわれるかもしれん」

「そうですか」

木下は、おびえた目になると、

「じゃあ、おねがいします」

と、頭を下げた。さよが、

「坊や、名前はなんて言うの？」

「木下吉郎って言います」

「いい名前だね。きっとえらくなるよ」

「いいえ、ぼくはあと三年たつと死ぬんです」

「そんなこたあないよ。死ぬなんてことは考えちゃいけない」

さよは、本気になって説得している。

「ぼくは死ぬことはちっとも怖くありません」

「へえ、どうして？」

「神さまを信じてるからです」

「神さまを信じると、死ぬことが怖くなくなるのかい？」

「そうです」

「私は、死ぬことが怖くてしかたないんだよ」

「じゃあ、おばあさんも神さま信じたら」

「坊やの言う神さまって、仏さま？　それともキリスト？」

「そのどちらでもありません。アルラという神さまです」

「アルラなんて、聞いたことないね」

「アメリカの神さまなんです」

「教会でもあるのかい？」

「教会とちがうけど、ぼく、日曜になるとそこへ出かけるんです」

「わしも、このおばあさんといっしょで、死ぬのが怖くてしかたないんだよ。いっぺんつれて行ってくれないかね」

「いいですよ」

瀬川は、さよがあまりにうまく少年に取り入るのに感心した。

「君は、ここらへんの子どもじゃないね」

「ええ、ことしになって越してきたんです」

「どこから？」

「アメリカからです」

「アメリカにいたのかい？」

「パパとママは、いまもアメリカにいます」

「じゃあ、一人でいるの？」

「お手つだいのおばあさんと二人です」

「パパとママがいなくてさびしくない？」

　さよが聞いた。

「さびしくありません。神さまがいますから」

　瀬川は、あらためて少年の顔をのぞきこんだ。何かに憑《つ》かれたような目。これはただものではない。

　目の奥に妖気《ようき》のようなものが感じられる。

　子どもたちが、この少年のことをエイリアンと呼ぶ意味が、わかるような気がしてきた。

5

「このおじいさんとおばあさんに、危ないところを助けてもらったんだ」

　吉郎は、そのときの様子を、お手つだいだという女性に話して聞かせた。

　おばあさんだと言ったけれど、まだ六十前の感じである。

「お坊ちゃんを助けていただいて、ほんとうにありがとうございました」

その女性は、瀬川とさよにお礼を述べたあと、自分は末永ふく子といい、吉郎の世話をしているのだと言った。

「お父さんとお母さんは、アメリカにいらっしゃるんだそうですね？」

さよが聞いた。

「ロサンゼルスにおりますの」

「どうして、坊やだけ日本へ帰ってきたの？」

「神さまのお告げだよ」

家に帰ってきたせいか、態度も言葉も少年らしくなった。

「神さまがいるから、死ぬことは怖くないんですってね」

「まあ、そんなこと話したんですか」

ふく子は、ちょっとおどろいた表情をした。

「ええ、私はこの年になっても死ぬことが怖くてね。だから、そういう神さまなら私も信仰させてもらおうと思ってやってきたの」

「そうでしたの。おばあちゃん、いま何を信仰なさってます？」

「はずかしながら全然」

さよは照れ笑いした。

「おじいちゃんは？」

「わしも、何も信仰しとらん」

瀬川は、ほんとうのことを言った。

「それはいけませんわ。神さまにおすがりすれば、怖いことなんて霧がはれるみたいに消えてしまいます」

「ねえ、それぜひ私たちにおしえてちょうだいな。もう私たちも先は長くないんだし、あまり苦しまないで死にたいのよ」

さよは、もっともらしいことを言って瀬川の顔を見るので、瀬川も大きくうなずいた。

「では、私たちの神さまについて、少しお話し申し上げますわ」

末永ふく子は、急にまじめな顔になった。

「私たちの神さまは、キリストでも、おしゃかさまでも、天照皇大神でもありません。宇宙の創造主アルラさまです」

「アルラ？」

瀬川は、あららと言いそうになって、思わず吹き出すところだった。

「私たち信者は、いつでもアルラさまをお呼びすることができます」

「へえ、神さまがやってくるの？」

さよは、頭のてっぺんからでも出たような声で言った。

「神さまって、どんな顔してるんですか？」

「アルラさまは光ですから、お姿は見えません」

——そうか。

これが相原と英治が話していたＵＦＯにちがいない。

「光？」

「アルラさまがいらっしゃるとき、空は全部光になります」

「だったら、夜が昼みたいになってしまうんですか？」

「はい。でもそれは、信者しか見えませんから、ほかの人にはわかりません」

「なるほど、そういうことですか」

瀬川は、これが相原と英治の言ったことだなと思った。

「アルラさまって、宇宙船に乗ってやってくるんだよ」

吉郎が無邪気な顔で言った。

「宇宙船？　ＵＦＯのことだね。すると君はＵＦＯを呼べるってわけかい？」

「そうだよ」

「すごいなあ。わしはこの年になるまで、ＵＦＯというものを一度も見たことがない」

「おじいさんも、神さまを信じれば見ることができるよ」

「その神さまでも、君の命を延ばすことはできないのかい？」

「それは決められたものだから、延ばすことはできないんだ。人類だって終わりはあるんだよ」

「わしら人類が滅びるときがくるってのかい？」

「もうすぐだよ」

「それはいつだい？」

「一九九九年の終わりさ」

「じゃあ、あと十年しかないじゃないか」

「そうだよ」

「それまで、私たちは生きてないからいいわね」

さよは瀬川を見て、明るい声で言う。

「それは、アルラさまのお告げですか？」

瀬川が聞いた。

「そうです。でも私たちはアルラさまの声を直接聞くことはできません。それができるのは教祖さまだけです」

ふく子が代わって言った。

「その教祖さまってのはアメリカ人ですか？」

「シュガー・ジョンソンというかたです。この方は化粧品のセールスマンでした」

いまから二十年前、ハイウェイを車で走っていたところ、突然目の前が光の渦になり、何も見えなくなってしまった。

どのくらい時間がたったのか、気がつくとジョンソンは地球ではない別の星におり、アルラのお告げを聞いた。

アルラは宇宙の創造主で、地球を理想の星にしようと人類を創った。

そのとき、人類に知恵をあたえた。人類は知恵のおかげで科学を発展させたが、同時に殺し合いをはじめた。

そしていまや、科学をコントロールできなくなり、地球そのものを破滅に追いやろうとしている。

そこでアルラは一人の地球人を呼び、予言者にした。それがシュガー・ジョンソンなのだ。

現在、世界には五万人、日本にも千人の会員がいる。

「教会はどこにあるんですか?」

「キリスト教の教会や、仏教のお寺のようなものはありません。会員は一か月に一度、山に登って、アルラさまのいらっしゃるアルラ星を仰ぎ、アルラさまにおねがいするのです」

「それだけでいいの？　お経とか賛美歌とかそういうものはないの？」

「ありません。ただひたすらアルラさまのことを思うと、テレパシーでアルラさまの声を聞くことができます」

「へえ……。私たちでも教祖さまに会うことできるの？」

「一年に一度、アメリカのモハーベ砂漠で大会が行われます。そのとき世界中の会員が集まってきます」

「ぼく、行ったことがあるよ」

吉郎は目を輝かせた。

「そのとき、ＵＦＯはやってくるのかい？」

「もちろんさ」

「こんどの山の上の会合に、わしらも参加させてもらえないものかね」

瀬川がおそるおそる聞くと、ふく子は、

「けっこうですよ。こんどの会合は春分の日にやります」

と、あっさりＯＫした。

「三月二十一日だね。場所はどこ？」

「この荒川の上流にある秩父の山です。たいして高くありませんが登れますか？」

「大丈夫です。時間は？」

「午後三時にここにいらしていただけば、おつれします」

「それじゃ、帰りは夜中ね？」

「私たちの会合はいつも夜です」

「UFOがくるよ。でも、おじいさんたちには見えないかもしれない」

吉郎は、ちょっと気の毒そうな顔をした。

「いつか見えるようになるんだろう？」

「うん、信じればね」

「それまで頑張るよ」

瀬川とさよは、木下吉郎の家で三十分ほどの時間をつぶしてしまった。

外に出て振り向くと、窓からふく子が見下ろしていた。瀬川は、それに向かって手を振った。

「話を聞いてみると、まじめな信者じゃないの」

さよは、大体、ひとを疑うということを知らない童女なのだ。

「あんたのおかげで、いろいろなことがわかったよ。こんなに収穫があるとは思わなかった」

「それはよかったわね。子どもがいなくなった手がかりはつかめた？」

「手がかりまではいかないが、今世紀で人類が滅びてしまうという話はおもしろかった」

「おもしろいじゃないわよ。私たちはいいけれど、残った人たちはかわいそう」

「あと十年というのがおもしろいんだよ」

「あなたはうそだと思って聞いていたの？」

「このままでいったら、いずれ人類は滅びるだろうという説には賛成なんだ。その点では、教祖のシュガーなんとかと同じさ。ただ、よその星に行ったと言われると……」

「あの人たちは、宇宙船や宇宙人のことを信じているみたいよ」

「信じているだろうな。それが怖いんだよ」

「何が怖いの？」

「何がと言われても言えないが、なんとなく怖いんだ」

瀬川にも恐怖の正体はわからない。

いなくなった二人の子どもは、ほんとうにＵＦＯにつれて行かれたような気がしてくる。そう思う自分に戦慄《せんりつ》をおぼえた。

こんな経験は、戦場で敵の弾丸にさらされたとき以来だ。

6

机の上に関東地方の地図をひろげた。それを相原、英治、谷本、中尾、柿沼、佐織、久美子、純子の八人がのぞきこんでいる。

「荒川の上流っていうと……」

純子が荒川を指で押さえた。

戸田橋《とだばし》、笹目橋《ささめ》、秋ヶ瀬橋《あきがせ》、羽根倉橋《はねくら》、治水橋《じすい》。

ここまでくると、もう大宮である。さらにさかのぼると入間川《いるまがわ》が流れこむ。

上尾市《あげお》、桶川市《おけがわ》を通り抜け、鴻巣市《こうのす》のあたりまでくると、高崎線《たかさき》とほぼ並行する。

さらに熊谷市《くまがや》を過ぎると西にカーブして、関越《かんえつ》自動車道の花園《はなぞの》インターの近くをぐり寄居《よりい》に達する。

そこから一四〇号線沿いに南に蛇行すると秩父市《ちちぶ》である。

「秩父といっても広いな。どこだかわかんねえよ」

谷本は、お手上げというかっこうをした。

「木下の家へ三時にこいと言うんだから、きっと車で行くと思うんだ」

相原は、地図からずっと目を離さない。

「車か、それなら関越自動車道だな。花園インターだと練馬《ねりま》から五十六キロだ」

柿沼が、地図の隅にある高速道路通行料金表を見て言った。

「そうすると、うまくいって、ここから一時間半か」

「花園から長瀞《ながとろ》までが約十五キロ。そこまで二時間で行くとして五時。それから山に登る時間が二時間として七時。長瀞より遠くへは行かないと思うな」

中尾は、数学の問題でも解いているみたいに言った。

「暗くなってから、いくらなんでもそんなに高い山には登らねえと思うぜ」

「鐘撞堂山《かねつきどうやま》三百三十メートル、陣見山《じんみやま》五百三十一メートルなんてのがあるわよ」

佐織が言うと相原が、

「陣見山は行ったことあるけど、暗くなってからじゃとても無理だ。山の名前も言わなかったし、きっと丘みたいなところだと思うな」

「そんなところだぜ。ところで、おれたちどうする？　相原。最初からつけたらばれちゃうぜ」

柿沼が言った。

「花園インターで待ち伏せしよう」

「車でこなかったら」

「そのときは運がなかったと諦《あきら》めるさ」

「くる。絶対くる。おれの首をかけてもいい」

柿沼は自分の首を平手でたたいた。

「それより久美子、車大丈夫だろうな?」

「そっちはまかせて。七人乗りのパジェロだから六人乗れるよ」

「運転はだれがやるんだ?」

「アルバイトの野口《のぐち》さんがやってくれる。このひと、大学生だけどかっこいいんだ」

「久美子、ここにおれがいること忘れてもらっちゃ困るぜ」

「カッキーもいいけど、やっぱり大学生にはかなわないね」

「ショック、おれ、山に行くのはおりた」

「カッキーはおりたとして、あとはだれが車に乗るか希望者が多かったら、クジ引きにしよう」

相原が言った。

「だけどさあ、二十世紀で人類が滅びちゃうなんて、いやだと思わない?」

純子は佐織の顔を見た。

「十年っていったら、私はまだ二十三歳だよ。そんなに早く死ぬのやだよ」

「あれ、ほんとかな。中尾君、どう思う?」

「でたらめに決まってるだろう」

「UFOもでたらめだと思う？」

「それは、たくさんのひとが見てるから、でたらめだとは思わない」

「そうだ、UFOのこと矢場さんに聞いてみようかな。あのひとはテレビレポーターだから知ってるかもしれない」

相原は、もうダイヤルをまわしている。

「もしもし、レポーターの矢場さんおねがいします」

しばらくして、矢場の声がスピーカーホンから聞こえてきた。

「ぼく相原です。こんばんは」

『ああ、君か。その後元気か？』

「ええ元気です」

『そうか。近ごろはおもしろいことやらないのか？』

矢場の声は、あいかわらず明るい。

「狼少年ごっこというのをやりました」

『なんだ、それ……』

相原が、鬼丸と教頭、校長をだました話をすると、矢場は声が割れそうなほど笑った。

『君たちはやりたいことがやれて、まったくうらやましいな。おれも、そんなことやってみたいよ』

矢場の脂ぎった顔が目に浮かんでくる。

「だけど、ほんとうに狼少年になっちゃって、ぼくらの言うことをおとなが信じなくなっちゃったんです」

『あたりまえだ』

矢場はまた笑い出した。

「矢場さん、UFOを信じますか?」

『なんだ突然。信じるよ』

「見たことありますか?」

『いや、見たことはない。君たち見たのか?』

「見たことはないんですけど、どうもUFOに誘拐されたらしいんです」

『ほんとうか?』

矢場の声が変わった。

「おとなはそう言うと、みんなうそだと言います。矢場さんもそう思いますか?」

『君たちの話だから、うそかもしれないが、ありえないことじゃない』

「UFOに誘拐されたひとが実際いるんですか?」

『いる』

矢場は断定するように言った。

「うっそお」

相原が大きい声を出した。

『UFOに誘拐されたと言ったのは君だぞ。それがうっそおとはどういうことだ？』

「どうみても、UFOにつれて行かれたらしいんだけど、まさかと思ってたんです」

『そうか。じゃあ聞かせてやろう、実はおれ、去年の十一月から十二月末までの二か月間、アメリカに行ってたんだ』

「何しに行ったんですか？」

『UFOの取材にだ。アメリカにUFOに乗ってきた宇宙人に会ったというひとがいると聞いて、それを取材してきた』

「宇宙人に会った？」

どの顔も、一瞬静止してしまったようだった。

「背中が寒くなってきた」

純子はからだを小さくした。

『そこはアメリカの東部にある小さな町なんだが、その町に住むA氏がUFOの写真を撮り、地方の新聞に載せたんだ。すると、UFOを見たというひとが続々とあらわれたんだ』

みんな、息を呑《の》んだまま声も出ない。

『その写真には、UFOが三機写っていたが、科学的に調べた結果、トリックでないことが判明した』

「どんな形してるんですか？」

『円盤で、胴に窓がいっぱいついている。それから何日かして、UFOがふたたびA氏の家の近くにあらわれた。それは夜中だったが、A氏は書斎で仕事していて、ふと外に妙な気配を感じてカーテンをあけると……』

矢場は、そこで言葉を切った。

「カーテンをあけたら、何か見えたんですか？」

『窓の外に宇宙人がいたんだ』

「きゃあッ」

純子と佐織が同時に叫んだ。

「ほ、ほんとですか？　矢場さんの作り話じゃないでしょうね？」

『とんでもない。これはA氏がおれに話してくれたことだ。言っておくが、A氏は町の名士で君たちみたいないたずら小僧とはちがうんだ』

「宇宙人って、どんなかっこうしてるんですか？」

『A氏の話によると、全体に青白く、目だけがやけに大きくて、鼻も口も小さい。手も足も細くて、身長は九十センチくらいだそうだ』

「しゃべったんですか？」

『いや、すぐに消えてしまったそうだ。そこでA氏は、宇宙人を追いかけて、ドアをあけ外へ出た。するとUFOから青い光がA氏を照らした。と思ったとき、A氏のからだは空中に浮き上がった……』

「すっげえ！　それから？」

柿沼はすっかり興奮している。

『光が消えると同時に、A氏のからだも地上に降りた』

「矢場さん、その話、ほんとうだと信じてますか？」

『もちろん。この町では、原因不明でいなくなってしまった人が十人以上いる。これらの人たちは、UFOに誘拐されたとみんながうわさしているんだ』

「そうなると、安永と宇野もUFOかもよ」

『その声は菊地君だな。安永君と宇野君が消えたのか』

矢場は、英治の声をおぼえていた。

「ええ、ぼくたちの目の前で消えちゃったんです」

英治は、そのときの様子を矢場に説明した。

『UFOが君たちに見えないというのは不思議だが、その消え方はUFOらしいな。

一度、木下君に会わせてくれないか』

「いいですよ。あいつレントゲンに骨が写らないんだって。みんなエイリアンだって言ってるんです」

『宇宙人は、人間の姿をすることも平気らしいというからな。その子は君たちの学校へ、いつから来たんだ？』

「ことになって、アメリカから来たんだそうです」

『アメリカ……？』

矢場は絶句してしまった。

「木下は、宇宙を創ったアルラという神さまを信じてるんです」

『アルラ？』

「その宗教団体の教祖はシュガー・ジョンソンと言って、本部はアメリカにあるんだそうです」

『聞いたことないな』

「世界中に信者がいて、その教祖は一九九九年に世界は滅びると言ってるそうです」

『ほんとうだと思いますか？　矢場さん」

『そういう話はよくあるんだ。おれは信じない』

「よかった」

純子は胸を撫《な》でおろしている。

「その連中の会合が三月二十一日に、秩父の山で行われるんです。ぼくら、それをこっそり見に行こうと思ってるんですが、矢場さんも行きますか？」

『行く、行く。ぜひおれもいっしょにつれてってくれ』

矢場の声も興奮している。

電話を切ったあと、おたがいに顔を見つめ合ったまま黙りこんでしまった。

「なんだか、頭が変になってきそうな話だなあ」

中尾がため息をつくと、相原も大きくうなずいた。

「そうなると、安永と宇野ももうもどってこねえかもよ」

いつも明るい柿沼が、すっかり沈みこんでしまった。

久美子は、暗い窓の外に目を向けたまま、何かに耐えるように唇をかみしめている。

——安永が好きなんだなあ。

安永がいなくなって、英治ははじめて久美子の気持ちがわかったような気がした。見ているとかわいそうになってくる。と同時にうらやましくもなる。なんと説明していいかわからない、複雑な心境だった。

4　埋蔵金《まいぞうきん》伝説

1

三月二十一日。

きのうまで寒かったのに、突然春になった。

英治は相原と待ち合わせて、十時に永楽荘へ出かけた。

永楽荘と隣り合わせの銀の鈴老稚園の運動場で、瀬川とさよが太極拳《たいきょくけん》のまねごとみたいなことをしていた。

「おじいさん、おばあさん」

英治と相原がかわるがわる呼ぶと、瀬川とさよは、太極拳をやめて二人のほうへやってきた。

「どうした？　こんなに早くから」

瀬川は、額にうっすらと浮かんだ汗を、トレシャツの袖口《そでぐち》で拭《ぬぐ》った。

「きょう秩父へ行くとき、これを持って行っていただけませんか」

相原は、Ｇジャンのポケットからトランシーバーを取り出した。

「トランシーバーだな。これでだれに連絡するんだ？」

「ぼくたちにです」

「君たち？」

瀬川は、相原と英治の顔を交互に見つめた。

「ぼくたち、おじいさんの車をつけることにしたんです」

「東京からずっとか？」

「そんなに長いことつけてたらばれちゃいます。秩父へ行くには、どうせ関越自動車道に決まってます」

「うむ」

瀬川がうなずいた。

「関越で秩父に行くなら、出るインターは花園です。だから花園インターの出口で待ち伏せするつもりなんです」

「なるほど。するとわしは、花園インターが近づいたら、君たちに連絡すればいいんだな？」

「そのとおり。おじいさん、まだぼけてませんね」

「あたりまえだ」

瀬川は、相原の眉間《みけん》を指ではじいた。

「このトランシーバー、距離はどのくらいまで聞こえるんだ?」

「平地だと一キロということになっていますが、山や障害があると、四、五百メートルだそうです」

「そうか、それを聞いとかないとな。やってくるのは君たち二人か?」

「ぼくと菊地。それに谷本、佐竹、堀場久美子の五人です」

「運転はだれがするんだ?」

「テレビレポーターの矢場さんと、カメラマンの水谷《みずたに》さんです」

「あの派手な男がやってくるんだって?」

瀬川はさよと顔を見合わせた。

「あのひと、UFOにくわしいんです。アメリカまで行って、宇宙人を見たと言うひとにインタビューしたと言ってました」

「宇宙人を見たって……?」

瀬川は笑い出した。

「それが、どうもほんとうらしいんです。だから、もし宇宙人を撮《うつ》すことができたら、大特ダネだって張り切っています」

「そうなると、私らも宇宙人を見られるのかねぇ」

「もしかしたら……見られるかも」

「えらいことになったね。長生きしてよかったよ」

さよは、すっかりその気になっている。

「花園インターまで五百メートルという標識が見えたら、トランシーバーのスイッチを入れてくれませんか」

相原が事務的に言った。

「ああいいよ。なんて言えばいい？」

「もう花園まですぐだね、とかなんとか普通にしゃべってもらえばけっこうです」

「よしよし。それで、君たちはわしらのあとをつけて何をするつもりなんだ？」

「やつらがどういう連中で、何をしようとするのか、この目でたしかめたいんです」

「また宇宙人に誘拐されることのないよう、二人とも気をつけるんだよ」

さよの言い方を聞いていると、ほんとうのおばあさんのような気がしてきた。

「わしは、この目で見たことを、一人ごとのようにしゃべればいいんだな？」

「そうです。ぼくらは百メートルくらい離れて、こっそりついて行きます」

「どういうことが起きるか知らんが、やってみよう。久し振りで斥候《せっこう》にでも行くような気持ちになったぞ。斥候というのは敵の様子を探り出すために行くんだが、見つかったら殺されるからずいぶん怖かったもんだ」

瀬川は、戦争中のことを思い出したのか、遠くを見る目をした。

「それじゃ、ぼくらは帰ります」

英治と相原は老稚園をあとにした。


ちょうどそのころ、校長の三宅音松の自宅に、一組の宇野の担任である伊藤典枝と、六組の安永の担任平林幸雄《ひらばやしゆきお》が呼ばれてやって来ていた。

平林は、その日子どもに、湘南《しょうなん》までドライブすると約束していた。いつも約束しては破っていたので、きょうばかりはどうしても実行しないと、子どもが父親を信用しなくなる。

そのことを考えると、校長の前でもつい不機嫌になる。

伊藤も、きょうはたまっていた家の仕事をしたかった。

しかし、担任クラスの宇野の母親がくると言われては、いやとは言えなかった。

「せっかくの休みに、呼び出してすまない」

三宅は、二人に向かって深く頭を下げた。

「それは校長先生も同じですから、しかたありませんわ」

伊藤は諦《あきら》めたのか、意外に爽《さわ》やかな表情をしている。

「もう、そろそろくるころだ」

三宅は腕時計に目をやってから、

「安永の母親は、結局どうなったのかね？」

と、平林に聞いた。

「どうしても仕事が休めないんだそうです」

「仕事か……。そんなことを言って、ほんとうは知ってるんじゃないのか」

「これが子どもたちのいたずらだったら許せません」

平林は、怒りがこみ上げてきたのか、顔が紅潮してきた。

「まったくだ。ここまでくると、放っておくわけにもいかん」

「どうなさるつもりですか？」

伊藤は冷静な態度をくずさない。

「親を呼んで、きつく言うしかないでしょうな」

「あの連中、親に言ったくらいで言うことを聞くとは思えないんですが。それより、警察に言ったらどうでしょう」

「警察はいかん。それでは、また天下に本校の恥をさらすことになる」

平林がいらいらしているのは、頬の筋肉がときどき痙攣《けいれん》するのを見てもわかる。

「私、子どもたちが宇野と安永を隠しているとはどうしても思えないんですが」

伊藤が一度言い出すと、ちっとやそっとのことでは意見を引っこめない。

「では誘拐だと言われるんですか？」

三宅は、やんわりと聞いた。

「誘拐だったら、身代金の要求があってしかるべきです。それに安永はちょっと……」

「たしかに、平林先生のおっしゃるように、金銭が目的なら安永はなじみませんわ」

「金銭以外の目的というとなんですか？」

「たとえば、復讐《ふくしゅう》とか……」

「復讐？」

三宅は聞き直した。

「あの連中に痛い目に遭《あ》わされた先生方は何人もいらっしゃいます。現に鬼丸先生や樺島先生なんかも、ハラワタは煮えくりかえっているんじゃございません？」

「それはまあそうでしょうが、まさか教師が復讐のために生徒を監禁するなんてことは、到底考えられん」

三宅が強い調子で言うと、

「校長先生は、先生方を信頼していらっしゃるんですのね？」

伊藤は皮肉たっぷりに言う。

「もちろんです。教師を信頼しないで校長は一日たりともつとまりません」

「おえらい方」

この女のほっぺたを、思いきりひっぱたいてやりたいと思ったとき、インターホンが鳴った。

「宇野の母親がきたようですな」

三宅は、伊藤と平林に目くばせした。

待つほどもなく、宇野の母親千佳子《ちかこ》が応接間に入ってきたと思うと、いきなりじゅうたんに頭をすりつけた。

「先生、お休みなのにご足労かけて申しわけございません」

「いいえ、そんな気づかいはなさらないでください」

伊藤は、千佳子のオーバーな演技には辟易《へきえき》している。

「校長先生、これは誘拐ではございませんでしょうか？」

ソファに座ると、いきなり切り出した。

「誘拐だったら、犯人から何か意思表示があるはずですが、五日たってもそれがないところをみると、誘拐とは思えないんですが」

「誘拐でなければ、なんでございましょう？」

「それをいま、みんなで考えていたところですの」

伊藤は、こんなときにもネックレスや指輪で飾り立ててやってくる千佳子の神経に、どうしても苛立《いらだ》ってしまう。

「子どもたちに聞いてみますと、UFOにつれて行かれたと言うんです。これをどう思われますか？」

「そんなの、子どもたちの出まかせですわ」

千佳子は強く首を振った。

「では、だれかが復讐のために、どこかに監禁したというのはどうですか？」

平林が聞いた。

「安永君は知りませんが、うちの子どもはみんなのあとにくっついているだけでございます。自分からすすんで、人様に悪いことをするような子どもではございません」

「ご両親が、だれかに恨まれているというようなことはありませんか？」

「失礼な、私たちはまじめに生きております」

千佳子の顔が紅潮した。

「そうなるとやっぱりUFOですわね」

「伊藤先生」

三宅は手で制して、

「宇宙人がつれて行ったとまともに信じたら、それこそ子どもたちの思《おも》う壺《つぼ》です」

「校長先生、ではやっぱり秀明も安永君も、いたずらで隠れん坊してると思ってらっしゃるんですのね」

「はっきり申し上げますと、その可能性がいちばん大きいですな」

「あの子たちが、いくらいたずら好きでも、五日も隠れているなんてことあるでございましょうか」

「しかし、去年の夏には廃工場に一週間も立てこもって、叛乱《はんらん》を起こしたじゃありませんか」

「あれは、みんないっしょだったからでございますわ。うちの秀明が一人で隠れるなんて、そんなこと絶対にできません」

「宇野君は、やらされたのかもしれません。だれかにそそのかされて……」

「だれかとおっしゃいますと……」

千佳子は、三宅の顔から伊藤へと視線を移した。

「言わなくても見当はつくでしょう。おたくだけでなく、安永もいっしょにいなくなったことを考えれば」

「でも校長先生、相原君はきょうも私のところに電話してきて、宇野君は、ぼくらできっと見つけると言ったんざんすよ」

「手の込んだことをやりおって」

「校長先生、子どもたちは本気で捜しているのかもしれませんわ」

伊藤の目は宙の一点を見つめている。

「こんなこと、われわれだけでいくら議論してもむだです。あした、子どもたちをたたいてみましょう。泥を吐きますよ。私が吐かせてみせます」

平林は早く切り上げたがっている。それが三宅には手に取るようにわかった。

2

矢場は、東京を出るときからずっとＵＦＯの話をしゃべりつづけているので、途中全然退屈しなかった。

アメリカでは、アイゼンハワーが大統領のとき、砂漠にＵＦＯが墜落し、空軍が宇宙人を助け出した。

その宇宙人と大統領が会談したという話までしてくれた。

「それはちょっと……」

相原が首を傾げた。

「それでは、これはどうだ？　宇宙人は人間を誘拐して体の構造を調べるんだそうだ。精神分析をしてみると、四回もＵＦＯにつれて行かれ、追跡調査されている人もいるらしい」

英治は相原と顔を見合わせた。

「もしそれがほんとうなら、安永も宇野も返してくれるわけだね？」

「宇宙人は、めったに殺したりはしないようだ」

宇宙人の話をするとき、矢場の目は輝いている。それだけ見ても、でたらめを言っているのでないことがわかる。

「だけど、おっかない話だな。安永と宇野、どんなふうにされちゃうんだろう」

「どんなふうにもされない。もとのままさ。宇宙人につれて行かれたことも覚えていないはずだ」

「ますます気味がわるいなぁ」

「連中は、人類よりはるかに進んだ文明を持っているんだ」

「じゃあ、ぼくらが隠れていても、見つかっちゃうかも」

「それはなんとも言えない」

「見つかったらどうなる？」

「つれて行かれるかもしれん」

矢場は真顔で言った。

「やだよ、おれ」

英治は、からだがふるえそうになった。

「宇宙へつれて行かれたら、ひとのやれない経験ができるんだ。すばらしいことじゃないか。これこそ大冒険だ」

「そうさ。そう思えばへっちゃらだ」

相原が言うと、不思議にその気になる。

「無線が入ったぞ」

突然、谷本が言った。

『きょうはすっかり春だね。眠くなってきたよ』

瀬川の声が聞こえた。雑音はあるが、まあまあの感度だ。

『もうすぐ花園インターだね。ここから出るのかい？』

相手の声は聞こえない。

『やっぱり出るのかい。そうだと思ってたよ。インターから山まではどのくらいかかるかね？……三十分？　やれやれだね。そこからは歩きかい？……山に登るのにどのくらいかかるかね？……ほう、一時間？……じゃあ、大した山じゃないね。……お、この川は荒川だね。これを渡れば花園かい。さすがにベンツは速いね』

「さあ、もうすぐやってくるぞ。車はベンツだから見つけるのは簡単だ」

それまで、ジョークを飛ばしてはみんなを笑わせていた矢場の表情が、別人のようにきびしくなった。

英治は、相原、谷本、佐竹、久美子の顔を見た。佐竹は、つれてきたタローの頭を撫《な》でている。

きょうのタローは、眠っているようにおとなしい。

「ベンツがやってきおったで」

バックミラーを見ていた、カメラマンの水谷が言った。ひげだらけで山男みたいにごついが、しゃべると優しい関西弁になる。

いっせいにうしろを振り向いた。黒いベンツがみるみる近づいてくる。

「みんな、頭をひっこめるんや」

水谷に言われて、五人とも頭を下げた。水谷のランドクルーザーがゆっくり動き出した。

「もう頭を上げてもええで」

その声で五人そろって頭を上げる。前方に、車を一台はさんでベンツが走っている。

「この道の混みようだと、三十分で十五、六キロ走れるかな」

矢場が、ロードマップに目をやりながら、水谷に話しかけた。

「そうですね」

「そうすると、秩父鉄道の波久礼《はぐれ》駅を過ぎたあたりかな」

「波久礼の先に下矢那瀬《しもやなせ》というところがありますやろ」

水谷が前方に目をやりながら言う。

「あるある。道路が左にカーブした先だろう?」

「そうです。そこから大槻峠《おおつきとうげ》へ行く道があるんですわ」

「大槻峠? すると目的地は陣見山か?」

矢場が大きい声を出した。

「陣見山までは、まだ尾根道を一時間以上歩かなければならないから、おそらく三角点やないですか?」

「あるある。大槻峠の近くに三百六十八・四メートルの三角点が」

矢場は山の地図を出して言った。

「きっとそこですわ」

「君は行ったことあるのか?」

「陣見山に登ったときに通りました。そこは道が平らになって、両側は松並木ですわ。昼間晴れてたら、上信越の山が遠望できます」

「そうか、そこだ、そこにまちがいない」

英治が肩越しに地図をのぞきこむと、矢場が指で三角点をおしえてくれた。

前を走るベンツは、八高線《はちこう》と秩父鉄道の踏切を越えて左に曲がった。

『ここは寄居だね。まだ遠いのかい？……ああ、もう間もなくかい。よかったね。さよさん』

瀬川の声だ。

「じいさん、なかなかやってくれるね。おかげで、こっちは大助かりだ」

矢場がしきりに感心している。

道は、いつの間にか荒川と秩父鉄道に沿っている。

波久礼駅を過ぎて間もなく、道は左にカーブして視界からベンツが消えた。

『おや、こんな細い道を曲がって行けるのかい？』

瀬川の声だ。ベンツは右の側道に入ったらしい。

ゆっくりとカーブを曲がり切って、右側に注意すると、細い道にベンツが頭を突っこんで駐《と》まっていた。

水谷は、そこをやりすごして、三、四十メートル先の道路脇にランドクルーザーを駐めた。

「やっぱり、おれが思ったとおりだ。大槻峠へ向かうらしいよ」

矢場が一人ごとを言ったとき、瀬川の声が聞こえてきた。

『この道を行くのかい？……ああ、そう。大槻峠へ行くのかい？』

「ほら、みろ」

矢場は、得意げにうしろを振りかえると、

「さあ、あとをつけよう」

真っ先にランドクルーザーから降りた。

少しもどると、ベンツが突っこんだ道である。車が一台通れるほどの細さだ。

ベンツは、五、六十メートルほど先の畑の中に突っこんであった。

「だれか乗ってるか？」

矢場が聞いた。あたりはかなり薄暗くなって、そこからは、車の中の人影までは見えない。

「わかんないや」

「私が見てくる」

久美子は言うが早いか駆け出した。

「ちょっと待て」

矢場が言ったときには、もうベンツの近くまで行っており、窓から中をのぞきこんでいた。

「だれもいないよ」

久美子は、こっちを向いて手を振った。

「これからは、もう少し気をつけて行動してくれなくちゃ困るな。見つかったらヤバいんだからな」

矢場はしぶい顔をして、もどって来た久美子をにらんだ。

「すみません」

久美子は素直に頭を下げた。

細い道は二十メートルも行くと、左に折れて林の中に消えている。瀬川たちの話し声は聞こえない。

「ここからはタローに案内してもらおう」

矢場が言うと、佐竹は大きくうなずいて、

「タロー、たのんだぞ」

と、首筋をたたいた。タローが勢いよく佐竹を引っ張る。

佐竹が先頭で、矢場、水谷、相原、英治、谷本、久美子がつづく。

道は林の中に入ると、暗くて何も見えなくなったが、タローはまるで平気だ。

「もっとゆっくり行けよ」

矢場が注意した。

『道が二つに分れてるね。左の方に行くとどこへ行くんだい?……ああ、そっちが大槻峠かい』

瀬川の声がトランシーバーから聞こえた。

「大槻峠へは行かないつもりだな」

矢場は一人ごとを言っている。久美子が言いかけると、矢場が「しッ」と言ったので、みんな黙々と、なだらかな上り道を進む。

「ここが分れ道だ」

先頭を行く佐竹が止まった。

「右へ行こう。前に行った連中の話し声か足音は聞こえるか?」

矢場が聞いた。

「全然」

道は依然としてゆるやかな上りである。

「この道は、けもの道じゃないな。細いけれど、ちゃんと整備されている」

矢場に言われて、英治は、はじめて道がいいことに気づいた。

そう言えば、真っ暗なのに一度も石につまずいたことがない。

「しかし、こんな道は地図にも印刷してなかったぞ。なあ菊地」

矢場に言われて、英治はつい、「うん」と答えてしまった。ほんとうは全然おぼえがないのだ。

『これは……。ここから先は私有地だから入ってはいけないとあるが……。そうか、あんたたち教団のものかい?』

瀬川の声は息切れしている。

『ここからまだあるのかい？……あと十五分？……やれやれだね』

「この道じゃ、老人にはきついな」

矢場が息をはずませながら言った。

「あ、光が見える」

みんなより、五、六メートル先を行く佐竹が言った。

「どこに？」

英治は前方の闇に目を凝らした。

「ほら、小さい光が二つ、見えたり隠れたりしてるだろう」

「見える。ほら、あそこよ」

久美子が指さすほうに、たしかに光が動いている。

「佐竹、近づきすぎてるぞ」

矢場が注意した。

3

「さよさん、大丈夫かね。休憩してもらうように言おうか？」

「いいえ、大丈夫」

瀬川には、さよがかなりへばっているのが暗闇でもわかる。

「もうすぐですよ。おばあちゃん。がんばれる?」

末永ふく子が言った。

「大丈夫。これでもむかしは、毎年富士山に登ってたんだから」

「アルラさまの声を聞けば、疲れなんていっぺんにふっ飛んじゃいますからね」

「声が聞こえるのかい?」

「ええ、聞こえますとも」

「わしらにもかい?」

「もちろんですよ。この山は私たちの聖地ですから」

「聖地?」

「ええ。この山には一般の人は登れないんです」

「どうしてだい?」

「もう少し登ると、その先は教団の私有地になっています」

「私有地だなんて言ってもわかりゃしないだろう」

「おじいちゃん、いまにおどろくよ」

先を歩いていた木下吉郎が振り向いて言った。

「君はいつも元気がないのに、どうして山登りのときだけ元気なんだい？」

「ここにくると、自然にこうなっちゃうんだよ」

「アルラさまが力をあたえてくださるんですわ」

ふく子は足を止めた。目の前に大きい風倒木《ふうとうぼく》が横たわっている。

「行き止まりだね」

「ところが、ちがうんだ」

吉郎が言った。

「道はなくなっちまったじゃないか」

瀬川は、うしろからやってくる英治たちに聞こえるよう、バッグの中のトランシーバーに口を近づけて、大きい声を出した。

「そうさ。だからみんなここまでやって来ても帰っちゃうんだよ」

「わしらは、どうやって行くんだい」

「呪文《じゅもん》を唱えればいいのさ。やってみるからよく見てなよ」

吉郎は、風倒木の前に立つと、両手を空に向けて挙げて、呪文を唱え出した。


「アルラ　アルラ　アルラ　私たちはあなたの僕《しもべ》です。どうかここをあけてください」

すると、目の前の風倒木がゆっくりと動き出し、人一人通れるほどの隙間があいた。

「こりゃ、まるでアリババのひらけごまだ。おどろいたね」

「二人とも、早く通らないとまた閉まっちゃうよ」

吉郎は瀬川の手を引っぱった。瀬川もさよの手を引っぱって、細い隙間を通り抜けると、風倒木はまたゆっくり動いて、道をふさいでしまった。

「さよさん、まるで夢見てるようだね」

「ほんと。私のほっぺた、つねってちょうだい」

瀬川は、鼻とほっぺたをまちがえて、思いきりひねりあげてしまった。

「痛いッ」

「夢ではないようだね」

瀬川は、このことを英治たちにどうやって知らせたらいいか考えた。

「道をふさいでた木が、呪文を唱えると突然動き出すなんて、これはまるで魔法だねぇ」

これでわかるだろうか。

「おじいちゃん、これは魔法ではありません。アルラさまの力です。アルラさまは宇宙の創造主ですから、人間では考えられないような力をお持ちなのです」

「すごいもんだねぇ」

「こんなことでおどろいてはいけませんわ。これから、もっともっと、おどろく奇跡をお見せします」

百メートルも登ったかと思うと、突然目の前に野球場くらいの空地がひらけた。

「ここが私たちの聖地です」

空地の真ん中にまるい石の台がある。台といっても、直径は二十メートルくらいありそうだ。

「あの台は何ですか？」

さよが聞いた。

「あれは、宇宙船が着陸するところです」

「UFOが来るのかい？」

吉郎に聞いた。

「教祖さまはアメリカから円盤に乗っていらっしゃるんだよ」

「へえ、円盤で……？」

さよは奇妙な声を出した。

「どこにいらしても、私たちがお呼びすれば、一瞬でおいでになれます」

「へえ」

瀬川はさよと顔を見合わせた。さよは頭がすっかり混乱してしまったのか、目も虚《うつ》ろである。

「おじいちゃんも、遠くにいるだれかのことを考えると、そのひとの顔や姿が浮かんでくるでしょう」

「ああ、浮かんでくるよ」

「教祖さまは、私たちが心の中でお呼びすると、ご自分でおいでになることができるのです」

「それじゃ、教祖さまは世界中の信者から呼ばれるたびに、飛びまわるわけ？」

「そうです」

「たいへんなことね」

「いいえ、光の速さで移動なさるんですから、飛行機や自動車とはちがいます」

「なんだか、頭が変になってきそうだよ」

「変だと思うのは、常識にしばりつけられているからですわ」

いつ点火したのか、石の台の上で火が燃えている。台のまわりが明るくなると、周囲を取りまく人の姿が浮かびあがってきた。

百人、もっといるかもしれない。

みんなペンライトを持った両手を空に挙げ、光る海藻みたいに揺らしている。

アルラという声が、潮騒のように聞こえてくる。いつやってきたのか、ふく子がそばにいた。

「このイヤホンを耳につけてください」

二人にイヤホンとペンライトをわたしてくれた。

「これはなんですか？」

瀬川が聞いた。

「いま教祖さまがお見えになりますが、あなた方にはお姿も見えないし、お声も聞こえないと思います。これをつければ、お声だけは聞こえます」

「ほお」

瀬川は、なんとなく割り切れない気持ちでイヤホンを受け取った。

「さあ、お二人ともあそこに行って、お祈りするのです」

いつの間にか吉郎の姿は消えていた。

「なんて言えばいいの？」

「ただアルラさまとお唱えするだけでけっこうです」

瀬川はさよの手を取ると、石の台に向かって歩きはじめた。

「星がいっぱい」

さよに言われて、空を見上げると、一面の星空である。周囲に明りがないせいか、降ってきそうな錯覚をおぼえる。

「わしが若いころ、中国の戦場で見た夜空がこんなふうだった」

石の台に近づくと、アルラさまと唱える声はいっそう大きくなった。

台の上の火は消えて、あたりはペンライトの光の波である。

瀬川とさよも、まわりの人たちと同じように、星を仰ぎ、アルラさまと唱えた。

「教祖さまぁ」

十分ほどしたとき、信者の一人が叫んだ。

すると、まるで波のように、「教祖さま」という声が信者の間につたわった。

「教祖さまがおみえになったらしいよ。あんたには見えるかい？」

瀬川はさよに聞いた。

「いいえ」

さよは首を振った。

信者たちは、ほとんどパニック状態で教祖を呼びつづけている。イヤホンを耳につけた。

「みなさん、こんやはよくいらっしゃいました」

外国人なまりのある日本語が、聞こえてきた。

「教祖さまはどこにいらっしゃるんですか？」

瀬川は、隣の男に聞いた。

「あの台の上ですよ。あなたには見えないんですか？」

「ええ、全然。声しか聞こえません」

「はじめてですか？」

「そうです」

「何度かここにくれば、そのうちお姿が見えてきます。諦《あきら》めてはいけませんよ」

顔は見えないが、年の頃は三十くらいだろうか。ひどく優しい声だった。

「みなさんが私を呼んだので、いまフランスからやって来ました」

また、教祖の声が聞こえた。

「アルラ、アルラ、アルラ」

全員が陶酔したように、両手を高く挙げ、石の台のまわりを歩きはじめた。

瀬川もさよも、その流れに身をまかせるしかなかった。

「教祖さまぁ」

感きわまったのか、すぐ前を歩く女性が、大声で叫ぶなりその場に倒れてしまった。

瀬川が抱き起こそうとすると、だれかわからない男が、

「そのままにしておきなさい」

と、とめた。悲鳴はあちこちで聞こえ、そのたびに倒れる人がつづいた。

「みなさん、人類の最後の日まではあと十年しかありません。しかし、みなさんは復

活し、アルラ星へ行けるのです。死を怖れてはいけません。アルラを信じましょう」

アルラ、アルラ、アルラと合唱する声が、ひときわ高くなった。

「死を怖れるなということは、一度は死ななければならないということですか？」

瀬川は、並んで歩いている老人に聞いてみた。

「そうです。生ける者は死ぬ。これは逃れることはできません。けれどアルラさまを信じていれば、もう一度生まれかわることができるのです」

「復活ですか？」

「そうです。アルラ星に復活するのです」

老人の言葉には、かけらほどの不安も感じられない。

「アルラ星というのはどこにあるのですか？」

「北極星の近くにありますが、肉眼では見ることはできません」

「望遠鏡なら見えますか？」

「いいえ、それも不可能です。見ることのできるのは教祖さまだけです」

「失礼ですが、おいくつですか？」

「七十七歳です。私はことしの八月に死にます」

老人は平然と言う。

「お元気そうに見えますが」

「いいえ、これが私の天命です。天命にさからうことはできません」

「不安は感じませんか？」

「アルラさまを信じる前は、それが怖くて自殺しようと考えたこともありましたが、いまは全然怖くありません。みなさんより一足早くアルラ星に行って、みなさんがやってくる日をお待ちします」

「私の子どもたちよ。私はいまからアメリカへ行かなくてはなりません。でも、みなさんが私を呼べば、いつでもやってきます。朝も昼も夜も、アルラを信じましょう。そうすれば、きっとアルラ星へ行けます」

教祖の声は消えた。信者たちは何も見えない空に向かって、ペンライトを狂ったように振りつづけた。

4

突然、石の台の上に男の姿があらわれた。

「みなさん、こんばんは。よくいらっしゃいました」

こんどは姿もはっきり見えるし、イヤホンをつけなくても声が聞こえる。

「あの方はだれですか？」

瀬川は、さっきの老人に聞いた。

「日本教区長のソルト青木《あおき》さまです」

「すると二世ですか？」

「いいえ、れっきとした日本人です。ソルトは洗礼名ですよ」

信者たちのペンライトが青木に集中した。

まだ四十歳を出たばかりに見えるが、声は自信に満ち、言葉に説得力があった。

「こんやは、みなさんに新しい仲間を紹介します。瀬川さんと石坂さん、ここに来てください」

いきなり名前を呼ばれて、瀬川は一瞬とまどった。

「さあ、行くんですよ」

ふく子がそばにやって来て、二人の手を取った。信者の間から拍手が起こった。

石の台の下までくると、青木が一人ずつ引き上げてくれた。たくさんの光の点が二人の顔を照らしだした。

「あなたたちは、これから死ぬまでアルラさまを信じますか？」

青木が二人に向かって、おごそかに言った。

「信じます」

二人、声をそろえて言った。

「あなたは死ぬことが怖いですか？」

「怖いです」

瀬川は正直に答えた。

「あなたはどうですか？」

「私も怖いです」

さよも、同じように答えた。

「人間は、だれでも死ぬことが怖いものです。けれど、ここにいる方たちは、だれ一人死ぬことを怖れていません。そうですね、みなさん」

「はーい」

という声とともに、ペンライトが揺れた。

「そんなふうになれたら、どんなにうれしいかわかりません」

それは瀬川の本音でもあった。

「私たちアルラさまを信ずる者は、地球上の一生を終えたあと、あのアルラ星に復活するのです」

青木は北の空を指さした。

「アルラ、アルラ、アルラ」

という声がどよめいた。

「ありがたいことです」

さよは両手を合わせると、空に向かって、

「ナンマイダ」

と唱えた。

「私たちの教団では、両手は上に挙げるか、胸にあてるのです。ナンマイダは言ってはいけません」

「はい」

さよが素直に頭を下げた。

「わしもこれまで七十年生きてきたが、きのうみたいに不思議な夜を経験したのははじめてだった」

「私もそう。きのうは家に帰っても眠れなかったわ」

瀬川が言うと、さよもつづけた。

「君たちのことを聞かせてもらおうか」

瀬川は英治と相原の顔をじっと見入った。

「ぼくたちは、おじいさんの無線の声をたよりにあとをつけたのです」

「聞こえたかい？」

「ええ、よく聞こえました」

英治は相原と顔を見合わせた。

「最初はなんにも見えなかったんだけれど、そのうち光が見え出したんです。そうしたらおじいさんの声が聞こえて、行き止まりになっていたろう」

「大きな木が道をふさいで、行き止まりになっていたろう」

瀬川は、相原の顔を見た。

「そうです。行ってみたら、大きな木があって前へ進めないんです」

「そこで呪文《じゅもん》を唱えたんだよな」

英治が言うと、さよがびっくりした顔で、

「呪文聞こえたのかい？」

「聞こえたよ。アルラ、アルラ、私たちはあなたのしもべです。どうかここをあけてください」

英治は、きのうの夜唱えた呪文をくりかえした。

「それで、あいたかい？」

「あかなかったんです。なんべん唱えても」

「へえ、わしたちのときは、一度唱えただけで、するするとあいたんだけどなあ」

さよがうなずいた。

「それからどうした?」

「どうやっても、そこから先に進めないんで、諦《あきら》めて帰りました」

「それは残念だったな。矢場君もがっかりしとっただろう」

「矢場さんは、これにはきっと仕掛けがあるはずだから、昼間調べてみると言っていました。きっと、きょうもう一度あの山へ行ってるはずです」

瀬川は遠くに目をやって、

「童話じゃあるまいし、ひらけごまという呪文で木が動くとはわしも思っとらん。あれは一般の人をあれから奥にこさせないために設けたゲートだと思う。矢場君がうかつに近づくのは危険ではないかな」

「そのことは矢場さんも言ってました。きっと慎重にやると思いますよ」

「では、そこから先のことを話そうかな」

瀬川は、そのあとに起こったできごとを、くわしく英治と相原に話してくれた。

「不思議だなあ」

相原の目が光った。

「そんなにたくさんの信者が、あの細い道を登って行ったんでしょうか?」

「君はいいところに気がついた。信者たちは、わしたちが登った道は通らなかったんだ」

「ほかにも登り道があるんですか？」

「あるんだ。あの山の北側に車の通れる林道があるんだ。信者たちは、バスでそこまでやってきて、あとは歩いて登ったそうだ」

「そうか。そんな道があったんだったら、矢場さんに言えばよかった」

「あのひとのことだ。見つけるさ」

相原は、矢場のことをなんとか言いながら、案外買っているのだ。

「フランスからやって来た教祖って、イヤホンで声聞いただけで、姿は全然見てないんですか？」

英治は、そこがどうも納得いかない。

「ほかの人たちには見えるし、声も聞こえるらしいんだけど、私たちには、イヤホンをつけなければ、なんにも聞こえないんだよ。あれは、どう考えてもおかしいね」

さよの表情は、曇った空みたいだ。

「イヤホンてのがインチキくさいな」

「いや、みんなには見えるんだから、インチキとも思えないんだが、宗教というものは、もともと理屈に合わないものかもしれない」

瀬川は自分に言い聞かせるようにつぶやいた。

「教祖はＵＦＯできたんですか？」

「そうだろうな。それでなければ、一瞬のうちに、フランスからやってきて、アメリカへ行くことなどできやしない」

「それがほんとうにできるなら、安永や宇野をつれて行くなんてへっちゃらだな」

英治はクッキーをつまむと口に放りこんだ。大してうまいとも思わないのだが、目の前にあると、つい口に入れてしまうのだ。

「だけどさ、安永と宇野をなんのためにつれて行ったんだ？」

相原は、クッキーを食べつづける英治をあきれたように眺めている。

「つれて行くからには目的があるはずだが、それがわからん」

「やっぱり、あの教団かしら」

さよは瀬川の顔を見た。

「二人が消えた状況から推察すると、UFOにつれて行かれたというのが、いちばん理屈に合っている」

「矢場さんが言ってたけど、アメリカじゃ、UFOにつれて行かれた人は何人もいるんだって」

「へえ……。そんなことが実際にあるのかね」

さよは、もう少しでお茶をこぼすところだった。

「日本教区長のソルト青木って、どんなひとでした？」

「普通のおじさんさ。君らの中学の先生みたいなひとだ」

「怪しいところはなかった？」

「全然ない。どうして君はそんなことを聞くんだ？」

「もしかして、子どもを誘拐して食べちゃうんじゃないかと思って」

瀬川が、うしろへひっくりかえりそうになって、大笑いした。すると、さよもつられて笑いだした。

「あいつら、食ったってうまくねえよ」

相原までわるのりする。英治はすっかりくさった。

「いや、宗教ってのは何をしでかすかわからんからな。もしかすると人身御供《ひとみごくう》なんてこともあるかもしれん」

瀬川は真顔になった。

「ヒトミゴクウってなんですか？」

「いけにえとして、人間を神に供えることだ」

「そうかぁ……」

相原が急に考えこんでしまったので、英治もなんだか心配になってきた。

「ヤバイぜ、これは」

「こんど集まるのはいつですか？」

相原が聞いた。

「こんどは二十七日だ」

「あの山でやるんですか？」

「そうらしい」

「こんども行きますか？」

「もちろん、こいと言われている」

「木下も行くんですか？」

「行くだろう。あの子は、教団の中では特別な存在みたいだ」

「特別な存在というと……？」

英治が聞き返した。

「つまり、子どもではあるけれども、信者たちから、尊敬の目で見られているということだ」

「なぜですか？」

「理由はわからない。特殊な能力があるのかもしれないな」

「たしかに、あいつはUFOを呼んで見せたりしたもんな」

「だけど、けんかはからきし弱かったじゃないか」

相原が言った。

「あの子がけんかをしないのは、弱いんじゃなくて、自分の力を隠しているような気がするんだ」

「そうかなあ」

英治には半信半疑だった。

5

矢場から電話があったのは、相原が永楽荘から帰って間もなくだった。

「いま秩父から帰ってきたところだが、おもしろいことがわかったぞ」

矢場の声は興奮している。

「どんなことがわかったんですか？」

「電話では言えん。そっちに行ってもいいか？」

「ええ、きてくださるなら何時でもけっこうです。ぼくたちも、きょう瀬川さんと石坂さんに会って、いろんなことがわかりました」

「そうか、じゃあこれからそっちへ行く」

矢場は、あわただしく電話を切ってしまった。

相原は、早速英治の家に電話して、矢場がやってくることを知らせた。

「こんやはちょっとまずい。いまからおやじに説教されるんだ」

英治はいつもの元気がない。

「何かわるいことしたのか？」

「そうじゃねえよ。安永と宇野をおれたちが隠してると思いこんでるんだ」

「どこもおんなじだな。おとなってやつは頭が固いからな。思いこんだら絶対意見を変えようとしねえんだ」

「そうなんだよな。どうしたらいい？」

「知らねえことは知らねえんだから、ほかに方法はねえよ。勝手に怒らしといたら……」

「そうだな。そうするよ」

「校長と教頭のリモコンだ。きたねえ手をつかいやがって。負けるなよ」

相原は、英治に気合いを入れて電話を切った。

相原進学塾が終わるのは九時である。生徒が帰ったあと、教室の掃除は相原の仕事である。

一回が百円、月二十五回あるから二千五百円のアルバイト料になる。

ようやく掃除をし終わったとき、疲れきった矢場があらわれた。

「ひらけごま、わかったんですか？」

「わかった」

「じゃあ、あけたんですか？」

「いや」

矢場はポケットから缶ビールを出すと、ふたをあけて、のどに流しこんだ。

「あれは呪文《じゅもん》であくんじゃない。ある場所を踏むと、電動であくようになっているんだ」

「そうか」

「夜だったからわからなかったが、多分そんなところだろうと思って探してみた。そうしたら見つかったよ。土がかぶせてあったが、それを除《よ》けてみると、三十センチ四方くらいの鉄板があらわれた」

「踏んでみたんですか？」

「うん。しかし、電源が切ってあったとみえて、あの木は動かなかった」

「ほかに登る道はないんですか？」

「全然ない。あの道一本だ」

矢場は、ふたたび缶ビールに口をつけた。

「だれか、見張りはいなかったんですか？」

「それはいなかった。しかし、登れないんじゃしかたないから下に降りた」

「さっき、瀬川のおじいさんに聞いたんですけど、あの山の頂上は平らになっていて、そこに百人くらい信者が集まったそうです」

「その連中、どこから登ったんだ？」

「別の道です。山の裏側の林道です」

「そうか。やっぱり」

矢場は何度もうなずいた。

「知ってたんですか？」

「下で村の人に聞いたよ」

「あの教団のこと知ってるんですか？」

「いや、教団のことは知らない。ただ、あの山は個人のもので、もう五年前から埋蔵金を掘っている人がいるんだそうだ」

「埋蔵金？」

「埋蔵金というのはだな。むかし戦に敗れた武将が、再起のために軍資金を隠しておいたり、山賊や海賊が奪った財宝を埋めたもので、日本各地に隠し場所の言いつたえがあるんだ」

「へえ」

「たとえば、黒部渓谷の七つの洞窟《どうくつ》に、富山城主佐々《さっさ》成政《なりまさ》の軍用金が隠してあるとか、兵庫県の多田《ただ》銀山には、豊臣秀吉《とよとみひでよし》の遺宝四億五千万両が埋まっているとか、埋蔵金伝説というのは日本各地にあるんだ」

「あの山に、そんな宝が埋まっているんですか？」

「埼玉県、群馬県の埋蔵金というと、やはり小栗上野介《おぐりこうずけのすけ》だな」

「それ、いつごろのひとですか？」

「小栗上野介は、江戸時代末期の幕府勘定奉行《かんじょうぶぎょう》だ。彼は官軍が江戸城に入ってきたとき、ひそかに御用金を運び出して、群馬県の赤城山《あかぎさん》に埋めたという言いつたえがある」

「赤城山なら、ずいぶん遠いじゃないですか？」

「小栗上野介の埋蔵金と称されるところは、群馬、埼玉県下にはいくつもあるんだ」

「じゃあ、あの山も小栗上野介の御用金が隠されているんですか？」

「調べてみたんだが、あの山のあたりに埋蔵金があるという言いつたえはまったくない」

「おかしいですね」

「考えられることは、だれも知らなかった古文書を発見したか……。これはありえることだ」

「それ。一人で掘ってるんですか？」

「いや、かなりの規模らしいが、その現場はだれも見た者がいないんだそうだ」

「そうか、裏の林道はそのときにつかうんですね？」

「そうらしい」

「じゃあ、教団というのは、埋蔵金を掘るカムフラージュですか？」

「いや、その反対ではないかと思うんだ」

矢場は、からになったビールの缶を、ちょっと残念そうににぎりつぶした。

「わかんないなあ」

「世間の人たちは、みんな埋蔵金を掘っているもの好きだと思っている。だから教団のことに全然興味を持たない。つまり、世間に存在を知られたくないのさ」

「秘密結社ですか？」

「あるいは……」

矢場は、腕を組んだまま目を閉じた。

「そういえば、道にあんな仕掛けをつくるなんて、普通じゃないですね」

「うん」

「もしかして、地球を征服するエイリアンの基地じゃないでしょうか？」

相原は、背中がぞくぞくしてきた。

「それは少し飛躍しすぎてるな。もしそうだったら、瀬川さんと石坂さんは帰ってこれなかったろう」

「そう言えば、そうだなあ。だけど……」

「だけど、なんだ？」

「いま突然、木下はやっぱりエイリアンじゃないかと思ったんです」

「やっぱりとはどういうことだ？」

「あいつが、三学期に転校して来てから、みんななんとなく、エイリアンと呼ぶようになったんです」

「そうか、そんなことがあったのか」

「あいつがエイリアンなら、安永や宇野がいなくなったわけがわかります」

「どういう理由だ」

「地球人を調べるためにつれて行ったんです。矢場さん言ったじゃないですか。アメリカでそういうケースがあったって」

「たしかに言った。しかし、あれは……」

矢場は口をにごした。

「うそだったんですか？」

「おれのでっちあげではない。たしかに、会った連中はそう言ってたんだから。しかし、彼らの話したことが事実かどうかということになると、ウラが取れないから信ずるしかないんだ」

「ほんとうは信じてないんですね？」

「信じようと信じまいと……。これがテレビではおもしろいんだ」

「そうかぁ。じゃあ安永と宇野がＵＦＯにつれて行かれたということも信じてないんですね？」

「信じてない」

矢場は断定するように言った。

「あの教団のことはどう思いますか？」

「宇宙の何かを信仰する宗教なんてのはよくあるからおどろかないが、教祖がＵＦＯで行ったりきたりなんてのは信じられんな」

「一九九九年で人類が滅びるってのは？」

「そんなこと信じてたら生きてられないよ。君は信じてるのか？」

「ぼくだって信じてないすよ」

「そうだろうな。それで安心したよ」

「だけど、あの連中はほんとうに世界の終わりがくるって信じてるみたいですよ。そのときアルラを信じていれば、一度は死ぬけれど生き返ることができるって」

「信仰は個人の自由だ。しかし……」

「なんですか？」

「ちょっと思いついたことがある。わかったら君に話すよ」

矢場はそれきり、口をつぐんでしまった。

「あと三日で終業式なんです。そうしたら、みんなであの山を調べてみようと思うんだけど」

「あそこへ子どもたちでのこのこ出かけるのは危険だと思うな」

「ハイキングに来て、道に迷ったってことにすればいいでしょう」

「あそこは、道に迷って行けるところじゃない。どうしても行きたいなら、その前におれが行って調べてくるから、それを待ってからにしろよ」

「いつ行くんですか？」

「あした、もう一度行ってみる。君が言った林道を通って」

「じゃあ、あしたの夜みんなをここに集めておきますから、そのとき結果をおしえてくれますか？」

「ああ。午後七時ということにしておこうか。いいか、それまでは動くなよ」

矢場は、相原の肩を軽くたたいて帰って行った。

6

英治は教室に入ると、まず木下の席を見るのが習慣になってしまった。

「きょうも、かぜで休みだって」

ひとみが言った。

「きのうも休みだろう。もう終業式までこねえんじゃねえのか」

西尾はウォークマンのイヤホンを耳に挿しこんだ。

「西尾君って勇気あるなぁ。セン公に見つかったら取られるよ」

「わかってるって。きょうばれるかばれねえか、授業中に実験してみようと思うんだ」

「やめとけよ。取られたら痛いぜ」

英治の忠告を西尾は全然無視している。きっと、女の子たちに勇気のあるところを自慢するつもりなのだ。

「セン公がくるよ」

富永時子《とみながときこ》が言った。西尾はあわててイヤホンをポケットに隠した。

「始業のベルも鳴ってねえのになんだ？」

森嶋は教室に入ってくると、

「菊地、校長室へ行け」

と言った。

「またですかぁ」

英治はふくれて見せた。

「おまえたちが、安永や宇野を隠したことを、いつまでも白状しないからだ」

「それはちがうって言ってるじゃんか」

「そうだよ。純真な子どもの言うことを、どうしておとなは信じられねえんだ」

西尾がわめいた。

「純真だと？　よく言ってくれるじゃないか」

「そうすよ。子どもはいつも雪のように真っ白。きたないのはおとなたち」

「そうか、そんなに純真か。じゃあ、おまえのポケット見せてもらおうか」

「なんで、おれのポケットを見なくちゃならないんすか？　理由もないのにそんなことするのは、人権無視だよ。なあ、みんな」

西尾は、まわりの生徒たちに向かって言った。

「おう、そうだ、そうだ」

生徒たちが口をそろえた。しかし森嶋はたじろがない。

「理由はあるさ。そのポケットはなんでふくれている？　タバコを持ってきたんだろう？」

西尾は笑い出した。

「そんなもの持ってくるわけねえだろう。これはティッシュペーパー」

「そうか。じゃあ、出して見せてみろ」

「生徒の言うこと信じろよな」

「そうだよ。教師が信じねえから、生徒が悪いことするんだぜ」

みんな口ぐちに騒ぎ出した。

「いいから出してみろ」

西尾は覚悟を決めたのか、ポケットからウォークマンを取り出した。

「なんだ、これは？」

「見りゃわかるだろう。タバコじゃねえぜ」

取り囲んでいるみんなが爆笑した。

「これは預かっとく」

「それはいいけど、イヤホンがないと聞けねえぜ。これも持って行きなよ」

西尾は、ふてくされてイヤホンを森嶋に差し出した。

英治はそこまで見物してから教室を出た。校長室の前で相原と会った。おたがい、にやっと笑って校長室に入って行った。

校長と教頭、それに教務主任の大沢《おおさわ》がいた。みんなしぶい顔をしている。

「そこに座れ」

この前と同じように教頭のカバが口を切った。

「安永と宇野のことだが、君たちが隠したのではないということがわかった」

「やっぱり」

英治は、それまで突っ張っていた肩の力が脱《ぬ》けて、がくんとなった。

「君たちに疑いをかけたことはすまなかったと思っている」

カバがこういうふうに下手に出るときは、何か罠《わな》が仕掛けてあるときだ。

英治が相原を見ると、相原も目で合図した。警戒しろと言っている。

「ぼくらもわるかったんだから、しょうがないです」

相原は、やけにしおらしい態度に出た。これも作戦にちがいない。

「そうか、そう言ってくれると助かる。そこで相談だが、安永と宇野はどこに隠れているると思うかね？」

こういうのを猫なで声というのだ。

「隠れているんじゃなくて、つれて行かれたんだと思います」

「だれに？」

「わかりません」

「二人とも君たちの仲間だろう。それに、君たちの目の前でいなくなったというじゃないか。心あたりはないかね。もちろん、ここで君たちが話したことは絶対口外しない」

「心あたりがないことはありません」

「ほんとかね？」

校長のオソマツが身を乗り出した。

「はじめはUFOにつれて行かれたと思ったんですが、どうもそうではなさそうな気がしてきました」

「私もUFOはないと思ったよ」

「UFOでないとすると、だれがつれて行ったんだ？」

大沢はいつも警察みたいな口の利き方をする。それがカチンとくるのだ。

「知りません」

「なんだ、それじゃどうにもならんじゃないか」

「だから、心あたりはあると言ってるんです」

英治は、ついけんか腰になった。

「それを、もっとくわしくおしえてくれないかね」

カバが代わった。

「もう一週間待ってください。そうすれば、わかると思います」

「一週間といったら君、春休みになっちまうじゃないか。もっと早くならんか」

「ちょっと、それはむずかしいと思います」

相原は、きっぱりと断わった。

「なぜ、安永と宇野がつれて行かれたのかね？」

「それも、いまはわかりませんが、そのうちわかると思います」

「生きているんだろうね」

オソマツが念を押した。

「わかりません。でも、生きていてほしいと思います」

「そんな、ぶっそうなことは言わないでくれよ。そんなことになったらえらいこった」

オソマツの顔が白っぽくなった。

「警察に言ったほうがいいんじゃないですか？」

大沢は、英治と相原を無視して、突き放すように言った。

「警察に言ってもむだだと思うけど」

英治は、そっぽを向いて言ってやった。

「もしものことがあったとき、知っていて警察に言わなかったとなると、校長先生、問題ですよ」

「うむ」

腕組みをしているオソマツの顔が赤くなった。

「君たちはどう思う？」

カバが聞いた。

「好きなようにしたらいいんじゃないですか」

相原が突き放したので、三人が顔を見合わせた。

「警察に言うのは、もう一週間待とう」

オソマツは、英治と相原の顔を等分に見て言った。

校長室を出たところで相原は立ち止まった。

「カバの言ったことどう思う？」

「おれたちがやってねえってことがわかったんじゃねえのか。だから謝ったんだろう」

「ちがう、ちがう。やつらはそんなにあまくはねえよ。おれたちがどう動くか監視してるのさ」

「そうかぁ」

「おとなってやつは、やり方がきたねえんだよ。だから嫌いさ」

相原は突然走り出した。

5　ノアの箱船

1

「こんや七時、相原んちへ来てくれよ」

英治は、校門を出てきた久美子に話しかけた。

「うん」

久美子は、ほとんど聞こえない声で返事をした。安永がいなくなってから、久美子が日ましに元気がなくなってくるのが気になったが、口に出しては言えない。

佐竹と純子がやってきた。英治は二人にも同じことを言った。

「七時はいちばんヤバイ時間だけど行くよ」

中華料理屋で七人兄弟の長女である純子は、弟や妹たちに食事をさせ、あと片づけもしなければならない。

ほかの連中みたいに、勉強だけすればいいというのとはわけがちがうのだ。

「純子はおくれてもいいよ」

「大丈夫。なんとかやりくりするから」

まるで、母親みたいな口のきき方をする。

日比野が小走りで校門を出てきた。

「こんや七時、相原んちだぞ」

日比野は、英治が話しかけても、うなずいただけで止まりもしない。

「何を急いでるんだ？」

「腹が減った。マクドナルドだ」

「あいつ、中学終わるときには百キロになってるぜ。あのケツを見てみろ」

相原は、日比野のうしろ姿をあきれたように眺めている。

「これで全部だな。行こうぜ」

中尾にまかせておけば、言い忘れというミスは絶対ないから安心だ。

これから三人で、木下の家へ行ってみようということになっていた。

「中尾、おまえ三学期もいいんだろう？」

英治は、先を行く中尾の背中に話しかけた。

「二学期と同じだ」

「すっげえなぁ。どうやって勉強するんだ？」

「別に、どうってことないよ」

中尾の答えはそっけない。たしかに、中尾は英治と同じくらいしか勉強していないように見える。それで結果は天と地ほどちがうのだからいやになる。

「中尾は頭のできがちがうんだよ」

相原が言った。

「そうなんだよな。いくら努力したって、だれでも三割バッターになれるとは限らねえんだ」

英治は、だれかに聞いた言葉を思い出した。

「おれはたまたま勉強がむいてるだけさ。天野がしゃべりのうまいのといっしょだよ」

秀才なのにえばらない、中尾のこういうところが、英治は好きなのだ。

「それより、木下休んでばかりいて、二年になれるのかな?」

「あいつ、教室でいつもぼんやりしてるぜ。やる気ないのか。それとも何か考えてんのかな」

「三年たったら死んじゃうんなら、やってもしようがねえもんな」

英治は、木下がふっとかわいそうになった。

「死んでも、生き返れるんだからいいじゃんか」

「相原、おまえその話信じられるか？」

「おれは信じられねえ」

「おれもだ。菊地は？」

中尾が英治の顔を見た。

「おれだって信じられねえよ」

ただし、英治の場合それは百パーセントではない。十パーセント、いや二十パーセントは信じているのだ。

木下のマンションまでやって来た。二階の窓を見上げると、カーテンがかかっている。

「いないみたいだな」

中尾がつぶやいた。

二階まで階段を上り、部屋のインターホンを押した。

何度押しても、中からの応答はなかった。

「学校休んで、どこへ行ったのかな？　病気だって届けたくせに」

英治の頭は、もやがかかったようになった。

「病院に行ったのかもしれないぜ」

中尾に言われてみると、そんな気もしてくる。しかし、もやはすっきりと晴れない。

「おととい、山では元気だったたって瀬川さんが言ったじゃないか」

「そうだよな」

英治は相原と顔を見合わせた。

「あいつは、やっぱりおかしいよ」

それきり、三人とも黙ってしまった。

矢場勇は、午後七時ちょっと過ぎに相原進学塾にあらわれた。

「すまん、すまん、遅刻しちゃって」

言葉ほど恐縮はしていない。集まった一人一人に握手を求めた。

「矢場さん、何かつかんだ顔ですね」

「わかるか？」

「わかりますよ。なあ」

矢場は自分の顔を両手でこすった。

相原は、みんなのほうを向いて言った。

「わかる。わかる。ばっちし顔に出てるもん」

「そうか。おれってポーカーフェースができないんだよ。これは、レポーターとしてマイナスだ。たしかに、ある重大なネタをつかんだぞ」

全員が拍手した。

「ちょっと、ビールを飲んでもいいか？」

矢場は、かばんから缶ビールを取り出してふたをあけた。

「つまみ、あるすよ」

日比野がポテトチップの袋をさし出した。

「君はよく気がきく子だ」

矢場は、うまそうにビールを流しこんだ。

「焦《じ》らすんだから、もう」

久美子が、ひとみに小声でぼやいている。

「よし、これで元気になった」

缶ビールを飲み干した矢場は、満ち足りたようにみんなの顔を見わたした。

「さて、おれはきょう相原と菊地が言った林道を通って、あの山に行ってみた」

「行けたんですか？」

相原が聞いた。

「入口まではな。そこから先はだめだった」

「やっぱり、ひらけごまですか？」

「林道から少し入ると、小屋があった。そこに見張りの男がいて、ここから先は私有地ですから入ることはできないと言うんだ」

見張りは二人いて、どちらもプロレスラーのように強そうなやつだった。

『ここから先に何があるんですか？』

矢場が聞くと、

『そんなことを説明する必要はない』

男たちは、いまにも矢場を放り出しそうな勢いで、迫った。

「こういうふうに出られると、おれは闘志がむらむらと湧いてくるんだ」

矢場はみんなの顔を見わたした。

「それで、どうなったんですか？」

天野が待ち切れなくなって聞いた。

「おれはテレビ局の人間だが、このあたりで埋蔵金を掘っているという噂があるので、取材にやって来たんだと言ったのさ」

「さすがぁ」

天野が手をたたいたので、矢場はすっかり上機嫌になった。

「すると、責任者を呼んでくると言って、おれくらいの年の男をつれてきた」

「そいつ、日本教区長のソルト青木じゃないかな」

英治はふとそう思った。

「何よ、それ？」

純子が聞いたので、英治は瀬川から聞いた話をみんなにしてやった。

「あるいはそうかもしれないな。おっそろしく弁の立つやつで、たしかに埋蔵金を掘っていると言った」

「矢場さんが感心するんだから、想像できる。いつから掘ってるか聞いた？」

天野が椅子からころげ落ちそうになるほど笑ったので、矢場は少しむっとして、

「もちろん聞いたさ。おれは、取材に関してはプロだってことを忘れちゃ困る」

「わかったから先をつづけてよ」

久美子は、いまにも爆発しそうに苛立《いらだ》っている。

「わかった。そう焦るな。やつは五年前から掘っていると言った」

「この山に埋蔵金があるなんて聞いたことないですが、だれのものですか？」

矢場は、責任者という男に食い下がった。

「小栗上野介です」

男は、矢場が予想したとおりのことを言った。

「小栗上野介の埋蔵金が、こんなところにあるなんて、聞いたことないな」

「われわれは、あるところから古文書を手に入れたのです」

「どこからですか？」

「それは、いずれ埋蔵金を掘り出したときには発表しますが、いまは言えません」

「信憑性《しんぴょうせい》はあるんですか？」

「もちろん、なければ巨額の投資はしませんよ」

「もうどのくらい金を注ぎこんでいるんですか？」

「五年ですからかなりの額です。想像におまかせしますよ」

「スポンサーはだれですか？」

「それもいまは発表できません。聞けば、あっとおどろくような方です」

「金持ちですか？」

「もちろんです」

「金持ちだったら、もうお金は要らないじゃないですか」

「その方は掘り出したお金を社会福祉につかうのが目的です。決して私するためではありません」

「それは美談ですな。テレビにはぴったりだなぁ。オフレコにしますからヒントだけでもおしえてくださいよ」

「いや、それは言えません」

「では、発掘してる現場を見せてもらうわけにはいきませんか？」

「だめです」

「埋蔵金なんて言って、ほんとうは掘っていないんじゃないですか？」

矢場は軽くジャブを出してみたが、それがひどく効いたらしい。男は顔を紅潮させると、

「無礼なことを言うな！　この男をたたき出せ」

と、どなった。プロレスラーみたいな見張りがすっ飛んで来たと思うと、矢場は文字どおり放り出された。

2

「それで、すごすごと帰ってきたわけ？」

久美子が皮肉っぽい目で見た。

「おれはプロだって言ったろう。そんなことで尻尾《しっぽ》を巻くようじゃ、どこの局だって使ってくれないよ」

「へえ、何をやったんすか？」

日比野が目を輝かせた。

「帰ったと見せかけて、出てくるやつを見張ってたのさ。つまりだな、これだけ揺さぶりをかければ、必ず動き出すと踏んだからだ」

「さすがあ」

こんどは天野が感心した。

「すると案の定、三十分くらいしたとき、おれが会った男がベンツで出てきた」

「ベンツ？」

英治が聞き返した。

「例の黒いベンツさ。そこでおれはあとをつけた」

ベンツは、林道を降りると、花園インターから関越自動車道に入り、とうとう終点の練馬まで来てしまった。

「それからどこへ行ったと思う？」

「そんなこと、わかるわけないじゃん」

久美子がふくれた。

「ベンツはここまで来たんだ」

「ここ？」

みんな、期せずして声をそろえた。

「ほら、荒川の向こう岸にある三十階建てのマンション」

「去年できた第一光マンションのこと？」

ひとみが言った。

「そうだよ。そこに入って行ったんだ」

「へえ、あんなところに……」

「つけて行ったんすか？」

柿沼が聞いた。

「マンションの中に入ったんじゃつけるわけにいかない。それにおれは、やつに面が割れてるから、ばったり会ったらまずいだろう。そこでまた外で待つことにした」

「レポーターって仕事もたいへんですね」

谷本が感心したように言う。

「待つこと。ただひたすら待つこと。タレントの家の前で、一晩中待ったなんて何度もある。待つことには慣れてるんだ」

「それで、出てきたんですか？」

「出てきたよ。子どもを一人つれて」

「子ども？」

ひとみが聞き返した。

「ほら、君たちの同級生の木下だ。写真を見たからまちがいない」

「木下がそんなところにいたんですか？」

英治は、思わず大きい声になった。

「学校休んで、そんなところで何してたの？　病人みたいだった？」

「いや、そんな様子はなかった」

「じゃあ、うそをついたんだ。どうして？」

ひとみは英治に聞いた。そんなこと答えられるわけがない。

「ベンツが出て行ってから、おれはマンションに入って行って郵便受けを調べてみた。そうしたら、最上階の三〇〇一号室が、アルラ協会日本支部とあったんだ」

「そんなところにあったのかあ」

相原は、肩で大きく息をした。

「もしかしたら、安永と宇野はそこに閉じこめられてんじゃねえのか」

天野が言ったとたん、一瞬部屋が静まりかえった。

「それはないだろう。あんなところにつれこむには人目が多すぎるよ」

「中尾の言うとおりだ。しかし、調べてみる必要はあるな」

矢場は、目をつぶって考えこんでいる。

「調べるったって？　マンションは簡単には入れねえよな」

天野は、マンションに住んでいる中尾の顔を見た。

「しのびこむのは、ちょっと無理だな」

「方法はあとで考えることにして、われわれがいま、いちばん知りたいのはアルラ協会の内部だ。それは、瀬川さんと石坂さんに探ってもらうよりない」

矢場の言うとおりだと英治は思った。

「木下はどうする？」

「もちろんマークするさ、あさっての終業式は、きっと学校に出てくると思うけど、それが終わったら、ちょっとつかまえられねえぜ」

相原が言った。

「そうすると、チャンスは終業式だな」

佐竹は宙をにらんだ。

「二人が消えた事件の鍵《かぎ》は木下がにぎっていると思う。しかし、寄ってたかって脅かしたからって、白状するというものではないと思うな」

「どうして？」

久美子が突っかかった。

「木下はだれかに操られているような気がしてならないんだ」

「だれかの命令で動いているんですか？」

英治が聞いた。

「命令といっても、木下自身は命令されていることを自覚していない」

「そんなおかしな命令があるのか？」

天野が言うと柿沼が、

「それは催眠術の一種じゃないですか?」

と言った。

「君は医者の息子だけのことはある」

矢場にほめられて、柿沼は急に口が軽くなった。

「おれ、催眠術に興味があるんだ」

「ひとみ、気をつけたほうがいいぞ。柿沼はひとみに催眠術をかけて、柿沼を好きになるようにし向けるかもしんねえからな」

天野が言うと柿沼は、

「そんなきたねえこと、おれはやらねえよ」

と、いつになく狼狽《ろうばい》した。

「そのあわてぶりがおかしい」

「ちがう、ちがう。信じてくれよ」

「みんな、柿沼をそういじめるな。むかしから洗脳といって、人間の心を改造して、自分の思うままに動かすことは実際あるんだ」

「へえ、じゃあ木下は改造人間ですか?」

谷本が聞いた。

「そうであるかないか、一度専門家に診てもらう必要がある」

「専門家なら、うちのおやじの友だちにいるぜ」

柿沼が言うと天野が、

「よし、そこへつれて行こうぜ」

「あいつ、おとなしく言うこと聞くか？」

「言うこと聞かなかったら、無理矢理つれてっちゃえばいいだろう」

「無理矢理というのは問題だが、こういうときだからしかたないだろう。よし、おれの車で運ぼう。場所はどこだ？」

「お茶の水のK病院です」

「カッキー、そこへつれて行くのはいいけれど、ちゃんと診てくれるか？」

中尾が聞いた。

「おやじの紹介状があればな」

「おやじ、紹介状書いてくれるか？」

「おれたちのやってること信用してねえから、無理かもな」

柿沼はだんだん小さい声になった。

「それじゃあ、だめじゃんか」

「天野、そうかっかするな。おれがたのむからまかせておけ」

矢場は天野の肩をたたいた。いつもだと、英治は矢場のことを少し軽く見ているのに、今夜ばかりは別人のようにたのもしく見えた。

「菊地、木下が終業式に出るか出ないか、紋次郎のところに電話して聞いてみろよ」

中尾が言うと相原も、「そうだな」と、うなずいた。英治は紋次郎の家のダイヤルを回した。すぐに紋次郎の声がした。

「もしもし菊地ですけど、先生ですか？」

『そうだ。こんな時間に電話してきて、何かあったのか？』

「木下のことですけれど、休んでばかりいて二年に進めるんですか？」

『木下は休学して病院に行くそうだ』

「ええッ。病気ひどいんですか？」

『学校生活はつづけられないらしい』

「それじゃ、もう学校へはこないんですか？」

『終業式にはくると言っていた』

「終業式にくるんですか……」

よかったと言おうと思ったがやめた。

『木下がどうかしたのか？』

「いいえ。ただ、ちょっと気になったもんですから」

『そんなことより、安永と宇野をどうするつもりなんだ？』

森嶋は急にきびしい声になった。

「いま、いっしょうけんめい捜しています」

『終業式には出てくるんだろうな？　おれはそっちのほうが心配だ』

「それは無理だと思います」

『いい加減にしとかないと、どうなっても知らないぞ』

「ちがうんです」

と言ったとき、電話はもう切れていた。

「木下、学校やめちゃうのか」

相原がぽつりと言った。

「病気のせいじゃないと思う。きっと何かほかに理由があるんだ」

「おれも谷本の意見に賛成だ。さっきおれが見た様子じゃ、入院するような病気とは全然思えん」

「あの子、はじめて見たときから気味がわるかったよね」

ひとみに言われて中尾がうなずいた。

「医者に診せれば、それがなんだったかわかるさ」

「もしわからなかったら、ほんもののエイリアンだね。矢場さん」

「うん」

矢場は天野の顔を見ないで、あいまいに返事した。

「安永君たち、いまごろ何してるかなぁ」

久美子は、暗い窓の外を見ながら、小さな声でつぶやいた。

3

三月二十五日。終業式。

家を出ようとしたら、母親の詩乃が背中から切りかけてきた。

「通知表、期待してるわよ」

――ちぇッ、いやみなやつ。

英治は、ものも言わずに家を飛び出した。二学期は3がほとんどだった。そのとき詩乃から、

「三学期は頑張るのよ」

と、念を押された。しかたないから、「うん」と言ったものの、人間がそんなに突然変われるものでもない。三学期も終わってしまったが、結果は通知表を見なくてもわかっている。大体3というところだ。

詩乃だってそれくらいの察しはついているはずだ。だから期待してるわよなんて、いやみを言ったのだ。

英治の関心は通知表なんかには全然ない。頭の中は木下の誘拐作戦でいっぱいなのだ。

作戦は、きのうみんなでじっくり検討した。よほどのハプニングがない限り、失敗はないはずだ。

あとは、木下が学校にやってくるかどうかにかかっている。

校門を入ると相原と柿沼が待っていた。

「早いんだな」

「そうさ。木下を待ってたんだ」

「来たか？」

「まだだ」

柿沼の声がくらい。

「大丈夫かな」

英治が言ったとき、佐竹が走りこんできた。

「木下がくるぞ」

それだけ言うのがやっと。苦しそうに胸を押さえている。

「ほんとか？」

「いま角を曲がるころだ」

「よし、みんな教室へ行こう。あとは作戦どおりだ」

相原は、英治の背中を一つたたいて走って行った。

教室に入るとひとみが、

「木下君まだこないよ」と言った。

「いまくる」

英治は指で丸のサインを出した。ひとみが大きく息をしてうなずいた。

教室の入口にじっと目をこらしていると、五分くらいして木下が入ってきた。

「木下君、からだ大丈夫？」

ひとみは、いつもと全然変わらない態度で話しかける。女はこういう演技がうまいのだ。

「ぼく、きょうで学校やめるんだ」

「ええッ、やめるの？」

ひとみが派手な声を出したので、みんなが木下のまわりに集まった。

「どこかへ行っちゃうのか？」

中尾が聞いた。

「そういうわけじゃないけど、病院の話だとこのまま学校へ通っちゃまずいんだって」

「見たところ元気そうじゃんか」

「だめさ。もうきょう限り君たちとはお別れだよ」

「そんな、淋《さび》しいこと言わないで」

富永時子が声をつまらせた。

「しょうがないよ。これがぼくの運命だから。みんな元気でいてくれよ」

木下の血の気のない顔を見ていると、英治も鼻がつんと痛くなった。しかし、やることはやらなくてはならない。

「木下、きょういっしょに帰ろうぜ。もう最後なんだろう」

「うん、いいよ」

木下は全然疑っていない。英治は中尾に目くばせした。中尾がうなずいて教室を出て行く。

廊下でOKのサインをすれば、相原やほかの連中もわかるようになっているのだ。

中尾がもどってくるのと、森嶋が入ってくるのとほとんど同時だった。

森嶋は手に通知表の束を持って、にやにやしている。つまらない話があって、順に呼び出された。

英治は、わたされるとき頭をぽんとたたかれ、

「二年生になったら、もっと頑張れよ」

と言われた。

通知表は予期したとおり、二学期とほとんど変わらなかった。

「どうだった？」

と、ひとみが聞いてきた。

「おんなじさ」

英治は通知表を見せてやった。

「私のほうがちょっといいみたい。だけど似たようなもんよ」

「おれ、うちに帰るとおこられるから憂鬱《ゆううつ》だよ」

「どうして？」

「ひとみ、おこられないのか？」

「うちは、どんな成績でもおこらないよ」

「いいなあ。親たちが信用してくれて」

「信用じゃない。見放してるのよ」

ひとみは、あっけらかんとしている。

春休みはあすから四月五日までである。六日が二年生の始業式だ。

森嶋が何か話しているが、全然耳に入らない。どうせ、聞いたところで大したことはない。

英治はその間、ずっと木下に注意を向けていたが、木下は窓のほうに顔を向けたまま身じろぎもしない。それは、何か考えているようにも、あるいは放心したようにも受けとれる横顔だった。

「……では、四月六日に君たちがふたたび元気な顔を見せてくれることをねがって、最後の挨拶《あいさつ》にかえる」

森嶋が教壇を降りると、女子生徒が数人、森嶋を取り囲み、「先生」と言って泣き出した。

別に森嶋がどこかへ行っちまうわけでなし、なぜ泣けるのか英治にはわからない。

木下といっしょに教室を出ると、みんなが握手を求めた。それにこたえている木下は、次第に疲れ果てた顔になった。

ようやく校門を出たときには、英治が支えてやらないと、そのまま倒れてしまいそうなほど、おぼつかない足取りだった。

「大丈夫か？」

木下のからだが弱っているのは、ごまかしではないということが英治にもわかった。

「うん、もう大丈夫だ」

木下は、思ったより元気な声を出した。

「もうおまえとも最後だから、そのへんを散歩してみないか」

「いいよ。どこへ行く？」

木下は、英治の手を振りほどいて、一人で歩き出した。

「荒川に行ってみようや」

荒川の堤防下に、矢場はランドクルーザーで待っているはずだ。

近くまで行ったら、待ち伏せしている佐竹、日比野、天野、立石が木下を取り囲み、車の中に押しこむことになっている。

木下がいやだと言うと困るなと思ったが、「うん」と言ったまま前を歩いて行く。

その後ろ姿を見ていると、英治はほっとした。

「春休み、どこかへ遊びに行くのか？」

「このからだじゃ行けないよ。パパとママがくることになってるんだ。君は……？」

「おれか？　どこへ行くかまだ決めてねえよ」

「いいなあ、どこでも好きなところに行けて」

そんなことがいいこととは、いままで一度も思ったことがない。

「おまえも早く元気になれよ」

「ぼくはだめだよ。でも、生まれかわったら、丈夫な子どもになるんだ」

堤防が見えてきた。英治の心臓がはげしく鳴り出した。この音が木下に聞こえるのではないかと思うと気が気でない。

矢場のランドクルーザーが、五十メートルほど先に駐《と》まっている。あの塀のかげに佐竹たちが隠れているはずだ。人通りはない。

車まで、あと十メートルに迫った。うしろから天野が音も立てずに走ってくる。手にはゴミを入れる大判の黒いビニール袋を持っている。

木下が振り向きかけた。その頭に、ビニール袋をすっぽりかぶせた。

日比野と佐竹、それに立石が走ってきた。四人で木下をかつぎ上げる。天野が車のドアをあけた。

木下を中に放りこむと同時に、ランドクルーザーは走り出した。

ほとんど一瞬のできごとで、見ていた人間は英治たち以外だれもいない。

あまりにも、あっけなく成功してしまったので、英治は気が抜けてその場にしゃがみこんでしまった。

相原が柿沼とやってきた。

「なんだか、スパイ映画見てるみたいだったぜ」

見ていた柿沼のほうが、やった連中より興奮している。

「よくやったな」

相原が英治の肩をたたいた。

「うん」

ほんとはもっと喜べるはずなのに、なぜか嬉《うれ》しくない。

「どうしたんだ？」

相原が英治の顔をのぞきこんだ。

「木下、三年もたないかもよ」

「ほんとか？」

「あいつが病院に行くってのは、うそじゃねえな」

「そんなにわるいのか？」

「あれは完全な病人だぜ」

「そうか、じゃあ、あんなことしてヤバかったかな？」

「それを心配してんだよ」

それきり相原も黙りこんでしまった。

4

午後四時。

英治と相原は、矢場からの電話で永楽荘に出かけた。

管理人室に行くと、瀬川とさよが二人を待っていた。

「矢場さんは、ちょっとおくれるけど、待っていてくれって電話だよ」

さよが言った。

「君らは木下君を拉致《らち》しちまったそうだな？」

瀬川の表情は、いつもより険しい。

「ええ、ほかに方法がなかったんです」

「わるいことをしたとは思ってます」

相原と英治がつづいて言った。

「ああいうことを君らがやってはいかん。わしに言えばよかったのだ。わしなら、たとえばれて警察につかまっても、どうってことはない」

「木下を病院につれて行くのが、そんなにヤバイことですか？」

英治には、そこがどうもわからない。

「目的がどうあれ、無理矢理つれて行ったのがまずいんだ」

「だけど、ああでもしなけりゃ、木下は行かないと思うんだけど」

「それは菊地君の言うとおりだが、やはり法を犯すのはまずい。木下の家からなんとか言ってこなかったか？」

「木下んちのおばあさんから電話がありました。吉郎を知らないかって」

「そうだろう。なんて答えた？」

「途中までいっしょだったけれど、別れてからは知らないって言いました」

「あせっていたろう？」

「ええ、すこし困った声でした。紋次郎にも電話したらしく、知らないかってぼくに連絡がありました」

「紋次郎ってだれかね？」

「ぼくのクラスの担任です」

「疑ってなかったか？」

相原が聞いた。

「最初、またやったのかって言うから、病人は相手にしねえよって言ってやった」

「そうしたらなんて言った？」

「いい加減にしとけって電話切りやがった」

「じゃあ、紋次郎はおれたちが木下を隠したと思ってるんだ。そのこと木下んちのおばあさんに言ったかもよ。ヤバイことになったな」

「どうして？」

「おまえ、あの教団につれて行かれて拷問されるかもしれねえぜ」

「拷問？　どんなことされるんだ？」

英治は不安になってきた。

「水をがぶがぶ飲ませられるとか、火であぶられるとか、電気ショックでやられるとか……」

「やめろよ」

英治は思わず悲鳴をあげた。

「いや、じょうだんじゃなくて気をつけたほうがいいな」

瀬川まで、まともな顔をして言うので、英治は落ちこんでしまった。

矢場は約束より二十分ほどおくれてやってきた。このくらいの遅刻だと全然わるびれた様子もない。

「えらいことがわかったぞ」

と言うなり、英治の飲みかけのお茶を飲んでしまった。

「精神分析、うまくいったんですか？」

「思ったよりうまくいった。木下はやっぱり洗脳されていたんだ」

「どうして、そんなことされたんですか？」

「木下は生まれたときから弱い子だった。死にかけたことは何度もある。そこで両親は、わらにもすがる思いで、宗教を信じるようになったんだ」

「私も子どもを病気で亡くしたことがあるけれど、助けてくれるなら、なんでも信じたかったよ」

さよが何度もうなずいた。

「アルラという教団に、なぜ木下の両親がのめりこんだかというと、復活できるということなんだ。もちろん、キリスト教や仏教にも天国と地獄はあるけれど、アルラ教では、一度死んで別の星アルラに生まれかわれるというのが新しいと言えば言えるんだ」

「そうそう。しかも、十年たてば人類はすべて死にたえてしまうというのだから、自分一人で死ぬさびしさはないと言っておった」

瀬川がうなずいた。

「両親はほんとうにアメリカにいるんですか？」

「うん、いる。そこで布教活動をしているそうだ」

「木下だけ、一人でどうして日本へきたんですか？」

「それなんだよ。木下は秘密の命令を受けて日本へやってきたんだ」

「秘密の命令？」

英治と相原は、矢場の口もとに目をこらした。

「秘密の命令というのはだな、日本の子どもを二人アメリカへつれてくることなんだ」

「ええッ？」

英治は頭が混乱して、次の言葉が出てこない。

「この宗教は、日本だけじゃなくて、世界中から合計百人の子どもを集めているんだ」

「集めてどうするんですか？」

相原の目がすわっている。

「アルラへ送るんだよ」

「アルラって、宇宙の彼方《かなた》にある星だよ」

瀬川が言った。

「そうです。だから宇宙船に乗せて送るんです。つまり今世紀で人類が滅びるとき、この百人がアルラ星で新しい世界を創るんです」

「ノアの箱船じゃないか」

「そのとおり。現代のノアの箱船ですよ」

「そんなこと、まともに信じてるやつがいるのかね？」

瀬川は、肩で大きく息をした。

「いるんですよ。彼ら信者は真剣に信じています。だから木下を日本へ寄越《よこ》したのです」

「だけど、木下が安永や宇野をつれて行ったわけじゃないでしょう？」

「木下の役割は、ＵＦＯを見せると言って、君たちを河川敷へつれて行くことだったのだ。つれ去ったのは別の連中だ」

「すると、ＵＦＯにつれて行かれたというのはうそだったんですか？」

「うそだ」

「やっぱり」

英治は相原と顔を見合わせた。

「ずっと信じてたのか？」

「はじめはそう思ってたけど、だんだん、ちがうような気がしてた」

「木下のために弁明しておくと、彼は君たちをだまそうと思ってやったんじゃない。自分の仕事が人類のためになると信じこまされてたんだ」

「洗脳されたわけかい？」

瀬川は、すっかり暗い声になった。

「そうです」

「子どもをそんなふうに改造しちゃうなんて、ひどい連中だね。許せないよ」

さよは、いかにも腹立たしそうに、手に持っていたクッキーを粉ごなにつぶしてしまった。

「安永と宇野は、いまどこにいるんですか？」

「それがいちばん肝心なところだ。二人は例の山に監禁されている」

「あそこに人を隠すようなところはなかったと思うけれど、なあ」

瀬川はさよの顔を見た。

「やつらは、あの山に小栗上野介の埋蔵金があると言い触らして、実は地下に礼拝所をつくっていたのです」

「まあ」

さよは、うしろへひっくりかえりそうになった。

「そこに安永と宇野を監禁したんですか？」

「そうなんだ」

「監禁して、いけにえにでもするんじゃないでしょうね？」

英治は、安永と宇野が首を切られるさまが目の前に浮かんできた。

「二人は、今月の終わりにアメリカへつれて行かれる」

「それから？」

相原が聞いた。

「時期はわからないが、ノアの箱船、つまりロケットに乗せられてアルラ星に旅立つのだ」

「そんなことしたら、宇宙の果てで死んじゃうじゃないか。そんなの集団殺人だよ」

相原がどなった。

「やつらは、それが人類を救う道だと信じているんだ」

「今月の終わりっていったら、あと六日しかないじゃないか。菊地、山に行こう」

「行こう」

「ちょっと待て」

矢場が二人の肩を押さえた。

「君たちが、仲間を救け出したい気持ちはわかる。しかし、あの山は要塞《ようさい》みたいなところだ。のこのこ出かけて行ったら、見つかってすぐやられてしまう」

「そんなにすごいんですか？」

「木下に聞いたところによると、まず、あの山に登るには道は二つしかない。一つは林道からのAルート。もう一つは瀬川さんたちが登ったBルートだ」

「ほかからだって、登れないことはないでしょう。そんなに急な山じゃないんだから」

相原が食い下がった。

「まわりは全部鉄条網で囲んであるそうだ。それをくぐり抜けたとしても、その中には獰猛《どうもう》な犬が放し飼いになっている」

「それだけですか？」

「それだけでもたいへんだぜ」

矢場は、あきれたように相原を見た。

「そのくらいなら、なんとかなります」

「そこを通り抜けたとしても、地下へ行かなければならない。地下への入口はマンホールの蓋《ふた》みたいなのがあって、外からでは絶対に開かないんだそうだ」

——これじゃ無理だ。

英治は悲鳴をあげたくなった。

「そこには、何人くらいいるんですか？」

「十人から十五人くらいだそうだ」

「おじいさん、こんどの会合はあさってだったよね？」

相原は瀬川に聞いた。

「うん。そうだ」

「その夜やろう」

「どうやってやるんだ？」

矢場のほうが慌てた。

「それは、これからみんなで作戦を考えます。木下には会えるんですか？」

「うん。しかし、まだ入院していたほうがいいと院長は言っていた」

「ぼくら、これから木下に会いに行きます」

「そうか。木下はまだ催眠状態から醒《さ》めたばかりだから気をつけろよ。へたをすると、また元へもどっちゃうそうだからな」

「わかりました」

相原につづいて、英治も永楽荘を飛び出した。

これから先、どんなことが起こるかわからないが、とにかくやるのだ。

「やつらを見殺しにはできねえよ」

相原が皓《しろ》い歯を見せて笑った。

「やろうぜ」

おたがいに背中をたたき合った。

5

病院のベッドの上の木下は、ひとまわり小さくなったように見えた。

英治と相原の顔を見ても、表情にはなんの変化も見られない。

「おれたちのこと、忘れちまったのかな？」

相原が耳もとで囁《ささや》いた。

「木下、さっきはごめん。乱暴なことしちゃって」

英治が謝ったが、木下は虚《うつ》ろな目で、

「え？　なんのこと？」

と言っただけだった。

「おれ、知ってるか？」

「知ってるよ。菊地英治君だろう？」

「そうだよ。おまえ、みんな忘れちゃったのかと思ったぜ」

「ぼく、どうして病院にいるんだ？　パパとママは？」

「パパとママはアメリカだって言ったじゃないか」

「そうか、ここはアメリカじゃなかったんだね」

「あったりまえだろう。ここは日本の東京さ。おまえはアメリカからやってきたんだ」

「わかった。だんだん思い出してきたぞ」

木下の目が少しずつ光を増してきた。

「おまえ、日本に何しに来たか知ってるか？」

「知ってるよ。ノアの箱船に乗せる子どもをつれにきたんだ」

「そうだよ。それで、おれたちの仲間の安永と宇野を山につれてっちゃったろう？」

「うん」

「今月の終わりにアメリカへつれてっちゃうのか？」

「そうだよ」

「おまえ、そんなことして、わるいことしたと思わねえのか？」

英治は、木下の目をのぞきこんだ。

「思わないよ。ノアの箱船には、世界で百人しか乗れないんだぜ。ぼくだって丈夫だったら乗りたいよ」

「お手上げだぜ」

英治は相原と顔を見合わせた。

「おれたち、安永と宇野をつれもどしたいんだ」

「どうして？」

木下は不思議そうな目で相原を見た。

「どうしてって、仲間はいっしょにいたいからさ」

「だって、あと十年したらみんな死んじゃうんだよ」

「そんなのうそっぱちさ」

「そんなこと言ったら、アルラさまのバチがあたるよ」

「なにがアルラさまだよ。まだそんなことを言ってるとこをみると、おまえ、催眠術が完全に解けてねえな」

「催眠術？」

「そうさ。おまえは頭をどうかされちゃったんだ。早く目を醒まして、おれたちに協力してくれよ」

「ぼくの頭はおかしくないよ」

「それがおかしいって言うんだよ」

相原が英治の腕を引っ張った。あんまり揺さぶりをかけるとヤバイという意味だろう。

「あさっての夜、山で会合があるだろう？」

「あるよ」

「そこへおれたちをつれてってくんねえか」

「だめだよ。信者でなきゃ入れてくれないよ」

「そこをなんとかたのむ。おまえなら、もぐりこむ方法知ってんだろう？」

「山へ君たちが何しに行くんだ？」

「安永と宇野を助けに行くのさ」

「それはやめたほうがいいよ。ばれたら、君たちは一生山から出られなくなるぜ」

それはいやだと英治は思った。

「じゃあ、こっそり会わせてくれるだけでいい。それくらいできるだろう？」

「そりゃ、できないことはないけど、でもむずかしいなあ」

木下は、じっと窓の外を眺めている。

「たのむよ。このとおりだ」

相原が手を合わせたので、英治もそのまねをした。

「困ったなあ」

「だってさあ、これで二度と会えなくなるんだぜ。さよならの挨拶《あいさつ》くらいしたいよ」

「それがばれたら、ぼくはひどい罰を受けることになるんだぜ」

「おまえに迷惑はかけねえからさ。なんとかたのむよ」

「じゃあ、やってみようか。ただし、会うだけだって約束するか？」

木下が念を押した。

「約束する。それができれば、もう思い残すことはない」

「君たち、そんなに仲良しなのか？」

「そうさ。友だちってのはそんなもんさ」

「友だちって、そんなにいいかな。ぼくは一人もいないからわからないよ」

「おまえ、友だちがいないのか？」

「だって、小さいときから病気ばかりしてただろう。友だちと遊んだことないんだよ」

「かわいそうに」

英治はほんとうにそう思った。

「じゃあ、あさっての夜どこで会うことにする？」

相原が聞いた。

「どこがいいかな？」

「ひらけごまの自動ドアのところがいいんじゃないか。アルラなんとか言うと開く」

「君たち、あれ知ってんのか？」

木下がおどろいたように目を見張った。

「知ってるさ。そのくらい」

「じゃあ、そこに七時に来てくれないか。ぼくが中からあけるから」

「OK。ところで聞くけど、あの山には猛犬が放し飼いになってるんだって？」

「ああ、いるよ。だけど、みんなが集まる夜は檻《おり》に入ってるから大丈夫だよ」

「何頭いるんだ？」

「ボクサーが五頭だよ」

「そんなのに嚙《か》まれたらイチコロだな」

「うん、だけどぼくには猫みたいにおとなしいんだ」

木下は、はじめて得意そうな顔をした。

「おまえ、家に帰ってもおばあさんにおれたちのこと話すなよ」

「話すわけないだろう」

「あのおばあさん、きょうおれんちへ電話かけてきたぜ。どこに行ったか知ってるかって。だから、知らねえって言っといたよ」

「ぼく、どうして病院に来ちゃったのかな？」

「来たくなったから来たんだろう」

英治は、自分でもおかしなことを言ってしまったと思った。

「家に帰って聞かれたら、どこに行ってたか知らないって言えばいいじゃんか」

「そうだね、相原君いいことを言う」

木下がつまらないことで感心するので、英治はおかしくなった。

「じゃあ、おれたちこれで帰るぜ」

「ぼくもいっしょに帰るよ」

木下が言うので、いっしょにつれて帰ることにした。

「おまえ、学校やめて入院するのか？」

英治は、そのことがずっと気になっていた。

「ほんとはアメリカに帰るんだよ」

「安永と宇野をつれてか？」

「うん」

「アメリカに行っちまったら、もう会えねえな」

「そうだね。どっちみちあと三年しか命がないんだから同じさ」

木下はひとごとみたいに言う。

——死ぬ。

死ぬってどういうことなのだろう。英治にはわからない。

「せっかく友だちになれると思ったのに、残念だったな」

相原がぼそっと言った。

「向こうに行っても、君たちのことはきっと思い出すと思うよ」

「手紙くれるか？」

「出すから、君たちもくれよ」

木下は英治と相原の手をにぎりしめた。細くて冷たい手だった。

6　大救出作戦

1

三月二十六日。

春休みになって一日目である。英治は、ちょっと遊びに行ってくると言ったまま、夜になっても帰ってこない。

——あのときといっしょだわ。

八か月前の夏休みになる日、英治たち二十一人の子どもたちが忽然《こつぜん》と消えてしまった。

事故？　それとも集団誘拐？

親たちの心配をよそに、子どもたちは河川敷にある廃工場に立てこもり、ここを解放区として、おとなたちに戦いを挑んだのだ。

菊地詩乃は、相原徹の家に電話した。あのときもそうだった。

「菊地ですけれど、徹君います？」

「いませんわ。春休みだから、どこかふらついているんでしょう」

徹の母親園子は、あいかわらず楽天的である。詩乃は、徹が帰ってきたら連絡してほしいと言って電話を切った。

次には中山ひとみの家に電話した。ひとみなら、何か知っているかもしれない。

母親の雅美《まさみ》が電話口に出て、朝出かけたきり帰っていないと、こちらは心配そうな口調で言った。

詩乃は夢中になって、前の同級生の家に電話をかけまくった。

その結果、相原徹、佐竹哲郎、柿沼直樹、中尾和人、日比野朗、天野司郎、立石剛、谷本聡の男子生徒八人と、中山ひとみ、堀場久美子、橋口純子の女子生徒三人。英治を合わせて計十二人が午前中家を出たきり帰らないということがわかった。

十二人の親たちと宇野秀明の母親千佳子が、中山ひとみの家〝玉すだれ〟に集まった。

母親たちが集まって一時間経った。すでに時計は九時をまわっているというのに、だれからも電話一つない。

「こんやは帰ってきそうにないわね」

久美子の母親睦子《むつこ》が言った。睦子は、こんなときでも、まるでパーティに行くみたいに飾りたてている。

「また、どこかへ立てこもったのかしら」

柿沼の母親奈津子《なつこ》は、相原の母親園子に目を向けた。

「女の子といっしょに立てこもることはしないと思うわ。あの子たち、ああ見えて意外に潔癖《けっぺき》だから」

「それは相原さん、あまいわよ。近ごろの子どもたちはませてるんだから。性知識なんておとな以上よ」

睦子は、そう言いながら、さほど心配らしい顔もしていないが、純子の母親暁子《あきこ》のほうが青くなった。

「おどかさないで。聞いただけで鳥肌が立ってきたわ」

「子どもたちが帰ってこないと決めつけることはないでしょう。どうしてそこまで飛躍しなけりゃならないの？　そういうのを妄想症候群って言うのよ」

「相原さん、あなた平気なの？」

千佳子が敵意をこめた目でにらんだ。

「平気よ」

「あなたは無神経なのよ。それがわるかったら鈍感。子どもに愛情を持ってないんだわ」

「よく言うわね」

園子は笑い出した。

「笑いごとじゃないわ。うちの秀明が帰ってこないのは、おたくの徹君が隠したんでしょう。安永君もそう」

「まさか……」

「みんなが騒ぎ出して身動きが取れなくなったから、こんどはみんなで隠れた。そうでしょう。いいえ、きっとそうだわ」

「それは、ちょっとちがうんじゃないかしら」

詩乃はかなり控えめに言ったつもりだったが、たちまち千佳子に食いつかれた。

「おたくの英治君と徹君が、いつもみんなをそそのかすんじゃない。こんどの狼少年ごっこだってそう、あんなことしなければ、秀明がこんなことにはならなかったのに」

千佳子は涙声になった。

「私は、みんなで秀明君と安永君を捜しに行ったんじゃないかと思うわ」

園子は、千佳子が逆上しても冷静である。

「相原さん、みんながどこへ行ったのか知ってるの？」

日比野そっくりにふとっている母親の邦江《くにえ》が言った。

「どこへ行ったかは知らないけれど、みんなで集まって、何か真剣に相談していたのは知ってるわ」

「どうせ、いたずらに決まってるわよ。近ごろは、そっちがおもしろくて全然勉強しないんだから。おかげで三学期の成績はがた落ちよ」

奈津子までが、園子のせいだとばかりににらみつける。

「あら直樹君も？　うちの朗なんか2が二つもふえちゃって。パパはもう見離してるわ」

邦江は額の汗をハンカチで押さえながら言った。

「やっぱり、先生にお話ししたほうがいいんじゃないかしら」

「そうね、じゃあ堀場さんにおねがいしましょうよ。みなさんどう？」

邦江は、みんなの顔を順に見ていって、詩乃のところで止まった。

「私は別に……」

「相原さんは？」

「みなさんがそうしたいとおっしゃるなら、反対はしません。でも、あまり意味はないと思うけど」

「では堀場さん、おねがいします」

邦江は、園子を無視して睦子に頭を下げた。

「いいわ。教頭の樺島先生に電話して、ここに来ていただきましょうよ」

睦子は勝手に決めると、部屋の隅にある電話機のところまで行って、ダイヤルを回しはじめた。

「もしもし、堀場でございます。夜分おそく申しわけございません」

睦子が事情を説明すると、樺島はすぐに行くと言ったらしい。

「それではよろしく」と言って電話を切った。

「いらしてくださるの？」

千佳子が聞いた。

「ええ、いまから飛んで行くって。車だから十分くらい待ってほしいそうよ」

「さすが、ＰＴＡの会長の奥さまはちがうわね」

「こんどの異動で校長になり損なったからでしょう」

「あら、こんどは校長になれるってうわさだったのに……」

邦江は解せない顔で睦子を見た。

「発表は四月になってからなんだから、オフレコよ」

睦子は唇に人差指をあてた。

「どうしてなれなかったの？」

邦江はこだわっている。

「政治力が足らなかったのよ」

「政治力って、ワイロのこと？」

「そこまで言っちゃ、身もふたもないけれど、ただ、校長にごますってるだけじゃだめなのよ」

「へえ、えらくなるには、先生もなかなかたいへんね」

「それはどの世界も同じよ」

睦子が、母親たちの知らない商売のウラ側の話をしはじめると、みんなすっかり引きこまれて、時間のたつのを忘れてしまった。

樺島は、電話で言ったとおり十分後にやって来た。きちょうめんな性格なのだ。

「また、いなくなったんですか？」

晩酌《ばんしゃく》でもしていたのか、樺島の顔はほんのりと赤い。

「そうなんですの。こんどは十二人」

千佳子が事情を説明した。

「宇野君や安永君のときみたいに、いなくなったのを目撃した子どもはいないんですか？」

樺島は、十二人いなくなったと言っても、さほどおどろいた様子を見せない。

「ええ、こんどはあの仲間全員が消えてしまったんですの」

「そこが、二人の場合とちがいますね」

「先生、こんども、うちの秀明のときと同じ気がするんですけど、先生はそうお思いになりません？」

「そう急におっしゃられても、考えがまとまりませんが……」

樺島は腕組みをして、いっしょうけんめい考えているというふりをしている。

「先生は、子どもたちのいたずらだっておっしゃいましたが、そのお考えはお変わりになりません？」

「あのときは、子どもたちが狼少年ごっこなんて遊びをやっていましたから、その延長だと思いました。しかし、いたずらにしては隠れん坊をしている時間が長すぎます」

「いたずらでなかったらなんですの？　誘拐？　もしかして変質者が手にかけたなんてことは……」

千佳子は、無意識にとんでもないことを言ってしまったことにおどろいたのか、両手で顔をおおってしまった。

「奥さん、そういうことは万万一にもありませんよ」

樺島の言い方は、なぜか迫力が感じられない。

「先生、保証していただけますか？」

千佳子がしゃべりだすと、まるで機関銃の速射みたいだ。

「そうおっしゃられても……」

「やっぱり……。わかりましたわ」

樺島は、千佳子の攻撃にたえられず、遂《つい》に沈黙してしまった。

「先生、子どもが十二人もいなくなったんざんすよ。たとえお休み中かもしれませんが、まさか知らん顔ってことはないでございましょうね？」

こんどは睦子が、千佳子の早射ちにかわって、胸にドスを突きつける。

「もちろん。私たちは教師ですから、たとえ休み中であっても、できる限りのことはいたします。しかし……」

「しかし、なんでしょうか？」

睦子は、最後のとどめを刺すように、樺島に顔を近づけた。

「子どもたちのいたずらという線もあるということを忘れないでいただきたいのです」

「それは……」

樺島の逆襲に、睦子は一歩退いた。

「私は、五分五分でいたずらだと思っています。いや六分四分ですかな。そのときは、お母さん方も、それなりの覚悟はしていただきますよ」

「先生、それは脅迫でございますか？」

睦子は、樺島の強烈なパンチに、辛うじてダウンをまぬがれた。

「では、いたずらではないという自信をお持ちのお母さんは手を挙げてください」

園子が手を挙げた。つづいて詩乃も挙げたが、それ以外の母親は、からだを小さくしてうつむいてしまった。

樺島の表情が勝利を確信したボクサーのように晴れやかになった。

2

枝がぱちぱちとはぜて、火の勢いがひときわ強くなった。

キャンプファイヤーを中心に、九人の男子生徒と三人の女子生徒。それに矢場と水谷が、大きな円陣をつくっている。

炎の向こう側で、膝《ひざ》をかかえて炎を見つめている純子の顔が、暗くなったり明るくなったりする。

英治は、これまで純子をいつも見ているが、こんなにきれいだと感じたことはない。

それは、現実ではなく、幼いとき読んだ童話の世界のお姫様みたいに思えてくる。

思わず見とれていると、胸の奥に火が燃え移ったような気分になった。

「何考えてんだ？」

隣の相原に言われて、英治は思わずぎくりとなった。

「別に……」

「いよいよあしただぜ。夏の解放区のこと思い出さねえか？」

「思い出すさ。あの最後の夜も緊張したなあ」

立石が空を仰いで言った。

「工場に入ったらだれもいなかった。あれにはおどろいたな」

矢場が言ったとたん、みんな笑い出した。

「矢場さんって、あのころはいい加減なひとだと思ってたけど、見直しちゃった」

ひとみの顔も美しく炎に映えている。

「おれはいつでも一匹狼で、反権力だ。みんなに誤解されることはしょっちゅうだが、そんなことではへこたれない」

「かっこいい！」

三人の女子生徒が手をたたいた。

「いいか、君らも大きくなったら、こういう男と結婚しろ」

「ノリすぎ」

久美子が吹き出した。

「では、ノリついでに、君らが解放区で歌った練鑑《ねりかん》ブルースを歌おう」

〽友を救うためならば
親もセン公もだまします
いよいよあしたは　なぐりこみ
にっこり笑って　星を見る

矢場は顔に似合わず、ぐっとくる歌い方をした。はげしい拍手。英治も手が痛くなるほどたたいた。

みんな拍手をしながら、思わず空を見上げてしまった。夏のときのように空は澄んでいなかったので、星の数は少なかった。

「おれたちも、何か歌おうぜ。だれかやれよ」

柿沼が言った。

「よし、おれが歌う」

天野が歌い出した。

〽つらいこともありました

楽しいこともありました
あッという間に一年過ぎて
すてきな仲間になりました

「そうよ。私たちいつまでも友だちでいようね」

久美子とひとみと純子が肩を組んだ。そして、声をあげて泣き出した。

「友情は美しいなあ」

——矢場のやつ、きざなこと言いやがって。

そう思いながら、熱いものがぐっと突き上げてきた。男は、こういうとき泣いたらみっともないのだ。

英治は、歯を食いしばって我慢した。しかし、目の前の炎がぼやけてくるのはどうしようもなかった。

「みんな、腕を組もう」

矢場が立ち上がった。十四人の輪ができた。

「安永、宇野、待ってろよ。あしたきっと助けてやるぞォ」

相原が山に向かってどなった。こだまが返ってきた。

「安永ァ、宇野ォ」

みんなも口ぐちに叫んだ。

「えい、えい、おう」

矢場が腕を夜空に突き上げた。

「えい、えい、おう」

みんなもそれに応じた。この前は攻めてくる敵を待つほうだったが、あしたは攻撃なのだ。あのときとは別の緊張で、からだが硬くなった。

そして、全身に闘志がみなぎってきた。

十四人の野営地は、安永と宇野が閉じこめられている山から、尾根を一つ越えた沢である。

川のほとりの小さな空地にテントを三つ設営した。

テント、シュラフ、ウレタンマット、スコップ、ストーブ、食料、飯ごうなどのキャンプに必要な道具は、全部カメラマンの水谷が用意してくれた。

水谷は、大学のとき山岳部だった関係で、大学の後輩から借り集めてくれたのだそうだ。

英治やほかの連中は、デイパックにマウンテンパーカーやセーターをつめこんで、ちょっとそのへんに散歩に行くようなふりをして、さりげなく家を出てきたから、母親たちは、だれも気づいていないはずだ。

ここまでは、矢場がレンタカー会社から借りたマイクロバスでやってきた。

「矢場さんと水谷さんには、すっかり借りができちゃったなあ」

車の中で相原が言ったとき、矢場は急にまじめな顔になって、

「子どもは、けちなことを心配するんじゃない」

そう言ってから、

「おれたちは、こんどの事件をドキュメンタリーにするんだから、ちゃんと元は取れるんだよ」

と、笑顔になった。きっと照れくさいからこんなことを言ったのだ。

「矢場さんって、おとななのにおれたちの気持ちがわかるのはどうして？」

谷本が聞いた。

「成長してねえんだよ。ここが」

矢場は、自分の頭を指さした。

マイクロバスは林道から中へは入れない。そこで乗り捨てて、あとはけもの道を歩いて沢へ降りた。

そこでテントを設営し、ひと休みしてから尾根まで登った。

「あの山に、安永や宇野が監禁されているんだ。これからはアルラ山と命名する」

矢場が指さす山は丘と言ったほうがいいくらいだ。ここからすぐにでも行けそうな

気がした。

「やろうよ、いまから」

久美子が矢場の腕を引っ張った。

「ちょっと見たところ、なんでもないように見えるだろう。しかし、登ればすぐ見つかってしまう」

「見張りがいるの？」

「見張りもいるが、周囲は鉄条網を張りめぐらしてある。そこにはきっと電気を通してあって、くぐり抜けたらわかるような装置になってるはずだ」

「そのくらいは、おれだって考えるぜ」

谷本がうなずいた。

「どうして、そんなに厳重にしてなきゃなんないの？」

久美子は、口惜《くや》しそうに唇をかんだ。

「他人《ひと》に知られては困るようなことをしてるからさ。ね」

柿沼は矢場の顔を見た。

「ただの宗教団体ならそんなことをする必要はない。埋蔵金を掘っているとか言って、地下に建物をつくるなんてのは普通じゃない」

「よくないことをやってんのさ。もしかしたら、宇宙人が地球を征服する基地じゃねえのか。きっとそうだぜ」

日比野は、自分の空想に目を輝かせた。

「まさか、宇宙人はいねえよ」

中尾は醒《さ》めている。

「あそこに宇宙人はいないかもしれないが、連中が宇宙人や別の星を信じているのは事実だ。だから、世界中から子どもを集めて、宇宙へ送ろうとしてるんだ」

矢場は双眼鏡を目から離そうとしない。

「何が見える？」

英治が聞いた。

「いや、何も見えん」

矢場は首を振った。

「木下、あしたの夜、おれたちに協力してくれるかなあ。もし裏切られたら、おれたちみんなつかまっちゃうぜ」

天野は、不安そうな目をして英治を見た。そう言われて、絶対そうでないという自信はない。黙っていると矢場が、

「木下は催眠が解けて、正常にもどったと信じるしかない。それがだめだったら諦《あきら》めるさ」

と、突き放したように言い、相原が、

「矢場さんの言うとおりだ。信じるしかねえよ、天野」

と、天野の肩をたたいた。

「そうだな」

天野はうなずいたものの、その不安はだれにもあるらしく、みんな口数が少なくなった。

「みんな元気を出せよ。瀬川さんと石坂さんが中に潜入してるじゃないか。これはトロイの木馬みたいなもんだ」

「矢場さん、トロイの木馬って何？」

久美子が聞いた。

「トロイ戦争というのはだな、ホメロスの叙事詩《じょじし》イリアスに描かれている戦争なんだ。誘拐されたスパルタの王妃ヘレネを奪いかえすために、ギリシャ軍は包囲して十年目、大きな木馬に兵隊をしのばせてトロイに入りこみ、やっと陥落させたんだ」

「ヘレネっていうのは、ギリシャ神話のすごい美女でしょう」

「純子ほどじゃないよ」

佐竹は、言ったとたん純子に背中をたたかれた。

「だけど、あんな老人で大丈夫かな？」

「カッキー、老人が役に立つってこと、おまえも知ってるだろう。きっと何かやってくれるって」

英治は、自分自身にもそう言い聞かせた。

3

三月二十七日。

きのうは、英治、相原、中尾、立石、柿沼の五人が同じテントで寝た。

シュラフにもぐりこみ、揺れるローソクの火を見ながら話していると、すっかり目が冴《さ》えて、なかなか寝つけなかった。

廃工場の解放区のときもそうだった。昨夜と同じように興奮して眠れなかった。

きょうは、そんなに早く起きなくてもいいと言われていたのに、英治は六時に目がさめてしまった。

そっとシュラフから脱《ぬ》け出て、テントの外に出る。空気が冷たい。

深呼吸をしてから、川まで行って顔を洗おうと思った。草を踏むと、足もとが露でびっしょりになった。

英治は流れに手をつっこんだ。思わず声をあげたくなるほどの冷たさだ。底の石が一つ一つ見える。

うしろから、だれかが背中を押した。川に落ちると思ったとき、ベルトをつかまれた。

矢場が笑顔を見せて立っていた。

「お早うございます」

「早いな」

矢場は、流れに顔をつっこんで、無造作に顔を洗う。英治もそのまねをした。

「雨は大丈夫そうですね」

「うん、実は、それをいちばん心配していたんだ。山の雨はまいるからな」

矢場は、空を見上げて大きな伸びをした。

「きょうは、これから何をやるんですか？」

「脱出ルートをつくるんだ。安永と宇野を救い出しても、二本ある道、Aルート、Bルートのどっちを通っても、きっとつかまってしまう」

「そうかなあ」

「やつらのことだ。途中に何か仕掛けでもつくってあると考えたほうがいい」

「矢場さんて、ずいぶん慎重なんですね？」

「そうさ。たとえアルラ山から救い出しても、途中でつかまったらなんにもならん」

矢場の言うとおりだ。

「脱出ルートって、道をつくるんですか？」

「道は簡単にはつくれんから、ロープを張るんだ。夜でなんにも見えないから、全員ロープをつたって下りてくる。そして、林道に駐《と》めてあるマイクロバスまで行く」

「そうかあ。すげえこと考えたんだなあ」

「すげえって言われるほどのことじゃないさ。ただし、この案には一つだけウィークポイントがある」

「なんですか？」

「それは、あそこにいるボクサーに追いかけられたらどうしようもないってことだ」

「そう言えば、五頭もいるって言ってましたね。どうしますか？」

「あそこにもぐりこんだら、まず第一に犬の檻《おり》のところまで行って、ボクサーを眠らせちゃうんだ」

「殺しちゃうんですか？」

「そんな残酷なことはやらないよ。しばらくおねんねしてもらうのさ」

「どうやって？」

「睡眠薬の入った肉を檻の中に放りこむのさ」

「犬は眠ったとして、出口はどこか、それをどうやってみんなにおしえるんですか？」

「花火だよ。鉄条網を切って脱出口をつくる。そこでおれがでかいのを打ち上げるから、それを目当てにくればいいんだ」

「花火かぁ。立石が持ってきたんですか？」

「こんどはちゃんと買いに行ったよ。テレビに使うと言ってな」

「ずいぶんお金つかいますね」

「あとでテレビ局に請求書を出してくれって言っといたよ」

「なんだ、そういうことか」

「頭ってのはな、こういうふうにつかうんだ。よくおぼえておけよ。さあ、朝めしの仕度でもするか」

テントから相原が顔を出した。つづいて向こうのテントからひとみが出てきた。

「お早う。背中が痛くてよく眠れなかったよ」

ひとみが目をはらしてぼやいた。

「こんなところで、ぜいたくなこと言うなよな。おれは腹が減ったぜ。朝飯をつくるか」

日比野はテントから出てくるなり腹をたたいた。

「けさの献立はなんだ？」

「トースト、目玉焼に牛乳。ほかにお好みのものがあればなんでもつくるぜ」

「それでけっこう。みんなを起こして、早く朝飯にしよう。きょうはいろいろとやることがあるんだ」

みんなを起こして、簡単な朝飯をすますと七時半になった。

「休みだってのに、こんなに早くからたたき起こされて、人づかいの荒いおっさんだぜ」

柿沼は機嫌がわるい。

「文句言わずに、おれの話を聞け」

矢場は、これからやる作業の内容をみんなに説明した。

脱出ルートをつくるのに昼までかかった。午後からは、脱出口に花火をセットした。それだけやると、みんなくたくたになった。

「では、しばらく昼寝する」

昼寝なんかできるのかと思ったが、作業がハードだったせいか、シュラフにもぐりこんだとたんに、眠ってしまった。

目がさめてテントから出てみると、矢場が一人で夕飯の仕度をしていた。

コンロの上になべがのっている。そこからシチューのにおいがしていた。

「すみません、寝すごしちゃって」

英治は矢場に謝った。

「いいんだ。それより疲れはとれたか?」

「とれました」

昼寝のせいで、からだがすっかり軽くなっていた。

山の夕暮は早い。まだ五時だというのに、もうあたりは薄暗くなりかけている。

夕飯をすませ、テントを片づけてマイクロバスまで運ぶと、アルラ山はすでにシルエットになっている。

「では、いまからひらけごまのBルートまで行く。みんな足もとに気をつけろ」

矢場は先頭に立つと、野営した沢とは反対側に下りはじめた。

下りるといっても、道らしいものはないので、昼間のうちに、木の幹に目じるしをつけておいたのだ。

いつの間にか、まわりは闇になってしまった。矢場は、懐中電灯で目じるしを見つけては前に進む。

三十分ほど歩いて、ようやくBルートに出た。

「やったあ」

それまで不安と緊張がつづいていたので、だれからともなく歓声が上がった。

「ここからひらけごままで三百メートルの上りだ」

矢場は、それだけ言うともう歩き出した。

「木下のやつ、あけてくれるかな？　もしあけてくれなかったらどうする？」

ふとっている日比野は、山道がつらいようだ。ほとんどばてそうな声で言った。

「そんなこと、考えたってしようがねえだろう。行ってみるしかねえさ」

佐竹は、緊張のためか苛立《いらだ》っている。

矢場は三百メートルと言ったのに、いつまで歩いても行き止まりにならない。道をまちがえたのではないかと思ったとき、矢場が止まった。

「ここだ」

懐中電灯の光の輪の中に、太い木の幹が横たわっていた。これが動かなかったらと思うと、英治は大きいため息が出た。

「いま七時五分前だ。約束の時間は七時だから、五分間休憩しよう。ただし、だれか登ってくるかもしれんから、木のかげに隠れて、大きい声は出すな」

英治は、ひと抱えもありそうな木のかげに腰をおろした。

山歩きで足も疲れているし、からだは汗びっしょりだ。その汗がみるみる引いていく。

「菊地君」

耳のはたで声がした。この声は純子にまちがいない。心臓が急に速く鳴りだした。

「ん？」

なんにも見えないので、声のするほうに顔を向けた。

「私、怖い」

声がふるえている。

「弱虫」

英治の足が暖かくなった。純子の手か足が触れているにちがいない。暖かいものに手を伸ばしたかったが、金しばりにあったみたいに動かない。

「菊地君、怖くない？」

「そりゃ、おれだって怖いさ」

「よかった。私だけかと思った」

「怖かったら、ここにいてもいいんだぜ」

「やだよ。そんなことしたら、もっと怖いよ。意地悪」

ももをつねられた。

「いてッ」

純子は低い声で笑うと懐中電灯で英治の顔を照らした。

「おじいさんの声だ」

突然、トランシーバーを持っている谷本が言った。

「聞こえたとおりに、君が言え」

矢場の声だ。

「今夜集まるのは何人ですか？……百人くらい。教祖さまはお見えになりますか？……UFOで？……今夜は私たちにも見えますか？……まだ、だめ」

「よし、時間だ」

矢場の歩き出す音がした。英治も腰を上げた。

矢場は、前方に立ちふさがる木の前まで行くと、

「アルラ、アルラ、アルラ、アルラ」

と、三度唱えた。みんなの目が木に集中した。

「だめだ。全然動かねえ」

天野ががっくりした声で言ったとたん、木がかすかに動いた。

「動いたぞ」

だれかが言った。たしかに木は動いている。手が入るくらいの隙間ができた。

その隙間は、五分ほどしてやっと人一人通れるほどになった。

「急げ、みんな」

矢場が先頭になって隙間に飛びこんだ。みんな一つにつながって入って行く。英治

も入った。

「菊地、手を引っ張ってくれ」

うしろで日比野の声がする。振り向くと、腹がつかえて、それ以上進めないのだ。

英治は腕首をにぎって、思いきり引っ張ってやった。

力いっぱい引っ張っても全然動かない。だめかと思ったとき、すぽんと栓が抜けたみたいに、日比野が英治にぶつかってきた。避《よ》ける間もなく、いっしょに倒れてしまった。

「どうしたの？」

先に行きかけた純子がもどりかけた。

「なんでもないよ」

英治は、説明する気にもなれなかった。

4

二人がもたついている間に、みんなはかなり先へ進んでいる。

「急げ、おいて行かれるぞ」

英治は、日比野のお尻《しり》を押した。まったく、めんどうみきれないやつだ。

ようやく追いつくと、矢場が、「止まれ」と、低い声で言った。

目をこらして見ると、前方が明るくなっている。英治は列の前へ出た。

登ってきた道はそこで終わり、運動場みたいな空間が目の前にひらけていた。

その中心あたりに、無数の光の点が動いている。まるで別の世界にきたみたいだ。

「あれはなんだ？」

「信者たちが持っているペンライトさ」

木下の声だ。

「木下、おまえきてくれたのか？」

英治は、ぐっと胸がつまった。

「木下があけてくれなきゃ、ここまでこれるわけねえだろう」

相原が言った。そう言えばそのとおりだ。

「あれ、何してるんだ？」

「ああやって、UFOにサインを送ってんだよ」

「UFOがやってくるのか？」

「みんな、そう信じてるよ。教祖さまがUFOに乗ってやってくるって」

「おまえもか？」

「うん、いままではな。だけど、いまはちがう」

「そうか、おまえもやっとまともになれたんだな」

「なんだか、長い夢からさめたみたいな、変な気持ちだよ」

夢からさめても、まだ夢の中のことを覚えていて、あれはほんとうだったような気がする。

英治も、そういう経験は何度もある。きっと、木下はそういう気持ちなんだ。

「まず犬だ。こいつを眠らせなくちゃ」

矢場が言った。

「犬小屋は広場の向こう側です」

木下が指さした。

「広場を突っきって行くわけにはいかないから、縁に沿って行くしかないな。警備はどうなってる？」

「見張りは五人いますが、二人は正門にいます。あとの三人がまわりをパトロールしています」

「パトロールしてんのか？」

英治は、思わず大きい声を出しそうになった。

「一時間に一回くらいだ」

「そいつら強いか？」

「そりゃ強いさ。警備員だもん」

「なんだか、憂うつになってきたぜ」

天野の言い方がおかしかったので、ひとみがくすっと笑った。

「犬小屋はすぐわかるか?」

矢場が聞いた。

「金網が張ってあるからすぐわかります」

「よし、日比野、そこへ行け」

矢場は、背負っていたディパックから、紙包みを出して日比野にわたした。

「これが睡眠薬入りの肉だ」

「おれ一人で行くんすか?」

急に心細い声になった。

「そうだ。怖いのか?」

「犬はいいけど、パトロールがちょっと……」

「そうか。じゃあ柿沼もいっしょに行ってやれ」

「まかしといてください。もしパトロールに見つかったらこれでやりますから」

柿沼は、ポケットからスプレーを出した。

「なんだ? それ」

「ムースですよ。こいつを顔に吹きつけてやれば、一瞬目が見えなくなります」

「さすがカッキーだ。こんなときにもムースを持ってくるとは……」

相原が感心した。

「見つからなかったら、こっちから仕掛けるなよ。犬たちを眠らせたら、脱出口にきてくれ。場所は赤い花火の揚がったところだ。じゃあたのむ」

「わかった」

日比野と柿沼は、広場の縁にそって駆け出した。

「木下、あの儀式はどのくらいつづくんだ？」

「一時間です」

「よし、その間に救出を完了するんだ。地下へ入る入口まで案内してくれ。どこにあるんだ」

「あそこです」

木下は広場の左を指さした。

「みんながいるところじゃないか。ほかにはないのか？」

「ほかにもあるけど、あそこ以外は外から入れないんです」

「まずいなあ、どうやって入るか……」

矢場は暗い声になった。

「矢場さん、いい方法があるじゃないすか」

立石が言った。

「なんだ？」

「花火ですよ。広場の反対側に仕掛けをつくるんです。そうすれば、みんなそっちのほうに気を取られるでしょう」

「そうか。さすがは花火屋の息子だ。よし、それで中へもぐりこめるとして、つれ出すまでに何分かかる？」

「そうですね。十分あればいいです」

木下が答えた。

「十分か。十分ひきつけるとなると、一回では無理だな」

矢場は立石の顔を見た。

「三回やればいいすよ」

「そんなにやってたら、つかまるかもしれんぞ」

「大丈夫。点火はリモコンでやれば、ここからだってできますよ」

「よし、それで決まりだ。じゃあ、立石と菊地、相原、中尾、四人で仕掛花火をセットしてきてくれ」

水谷がリュックから、仕掛花火を取り出した。

「OK。セットし終わったらどうしますか？」

相原が聞いた。

「赤い花火が揚がったところが脱出口だ。見えたら、できるだけ早く駆けつけること」

「よし、行こうぜ」

英治たち四人は、広場の縁に沿って林の中を進んだ。

「もう七時過ぎよ。そろそろ何か起こってもいい時間だけど」

さよが時計を見て言った。

「そうだな」

瀬川は闇に目をこらしたが、何も見えない。たとえ子どもたちがやってきたとしても、ここから見えるわけはないのだ。

「瀬川さん」

呼ばれて振り向くと、末永ふく子だった。

「なんですか？」

頰がこわばっている。何かあったなと直感した。

「お坊ちゃんを見かけませんでしたか？」

「いいえ。吉郎君がどうかしたんですか？」

「ええ、さっきから捜してるんですけれど、いないんです」

「いない？　みんなの中にまぎれこんでいるんじゃないですか？」

「いいえ、それがいないんです」

「どうしたんでしょう？」

子どもたちがいよいよやってきたなと思うと、動悸《どうき》が速くなりだした。

「あの子、この間一日いなくなってから様子がおかしいんです。気づきませんか？」

「いいえ、私たちには同じに見えますけれど、どんなふうにおかしいんですか？」

こういうとき、さよのとぼけ方は実にうまい。瀬川では、こうはいかない。

「すっかり人が変わったみたいなんです」

「へえ、どうしてでしょうねえ。それじゃああの山の中にでも、ふらふら入って行っちゃったのかしら」

「それは行けないようになっています。どうもお邪魔しました。手分けして捜してみます」

「私たちも捜してみましょう」

瀬川とさよは、ふく子と別れて暗い林のほうへ出かけた。

「SSより緊急連絡、秀吉が危ない」

瀬川は、トランシーバーに二度くりかえした。ＳＳは瀬川とさよのイニシャル、秀吉は木下のことと打ち合わせてあった。

「届いたかしら？」

「多分、キャッチしただろう」

そのとき、広場の西側が昼間のように明るくなった。

信者たちがいっせいに、「アルラさま」と唱えだした。

「あれは仕掛花火だ。いよいよ攻撃開始だよ」

瀬川は、興奮でいても立ってもいられなくなった。

みんなが、ぞろぞろと花火のほうに向かった。

「私たちも行ってみようよ」

さよは瀬川の腕を引っぱった。

「いや、あれはきっと陽動作戦だよ」

「陽動作戦って何？」

「あっちにみんなの関心を引きつけておいて、二人を救い出すつもりだろう。わしがおしえたんだよ。なかなかやるじゃないか。反対側に行ってみよう」

瀬川が闇の中に目をこらすと、黒い影が走り抜けた。

一人、二人、三人……。

そのあとから別の影が追いかける。一人が倒れた。追いかけてきた影につかまった。

「さよさん、行こう」

瀬川は、さよの手を引っぱって走った。前方に黒い影が見えた。近づいてみると、黒い影が、もう一つの影を押さえこんでいる。

「どうしたんだい？」

追いついた瀬川は、押さえこんでいるほうの影に向かって聞いた。

「怪しいやつです」

影が言った。

「それはいけないね。さよさん、あれを出しな」

瀬川に言われて、さよはポシェットからシップを出して、押さえこんでいる影の目にぺたんとはりつけた。

「やめられない。ペタンシップといたずらは」

影が悲鳴をあげた。

「しゅっとひと吹き、ゴキブリころり」

こんどは瀬川が影の顔に殺虫スプレーを吹きかけた。影は押さえていた手を離すと、その場にころげまわった。

「ありがとう」

下の影は、お礼を言って走って行った。

こんどは反対方向に赤い花火が揚がった。

「きれいだねえ」

瀬川とさよは、花火の揚がる方向に走った。

林の中に走りこむ黒い影がいくつも見えた。

「もうだめ、これ以上は走れない」

さよが音をあげた。瀬川は、しかたないから、その場で見物することにした。

「おじいさん、おばあさん」

駆け抜ける黒い影に声をかけられた。

つづいて黒い影が追いかけてくる。

「うまくやりなよ」

「ちょっと、ちょっと」

さよが呼びかけると、黒い影が止まった。

「ゴキブリころり」

瀬川が殺虫スプレーを吹きかけると、さよが、

「やめられない」

と、ペタンシップを顔にはりつける。影が痛さにころげまわる。

「まったく、おもしろくてやめられないわね」

さよは大喜びだった。

5

帰りのマイクロバスは大騒ぎだった。

「みんな、ありがとう。あらためてお礼を言わせてもらうぜ」

安永につづいて宇野がみんなに頭を下げた。

「お礼なんて、水くせえことを言うなよ。おたがいさまだぜ」

柿沼が言った。

「おれ、やつらにつかまったときは、もうだめかと思ったぜ。そうしたら、おじいさんとおばあさんが助けてくれたんだ」

谷本は、そのときのことを思い出したのか頬をひきつらせた。

「あの二人、ずいぶん楽しんでたみたいだったな」

矢場が言った。

「やめられない、とか言って、ペタンシップを顔に、はっちゃうんだ」

「それはきくよ」

久美子が笑いころげた。さっきから、どこかがおかしくなったみたいに、笑ってばかりいる。よほどうれしいにちがいない。

「私たちだってやったんだよ」

純子が言った。

「へえ」

佐竹は、何をやったんだという顔をしている。

「ロープ張って、追っかけてくるやつばたばた倒したんだよ」

「そうか、そいつは知らなかった」

「走ってくるところに、ロープをぴんと張ってやるのさ。するとおもしろいように倒れるんだ」

久美子が言った。

「倒れただけじゃつまらないから、顔のあたるところに石を並べといたの」

「ひでえ。女は怖いぜ」

天野が言ったとたん爆笑になった。

「だけど、木下どうしていっしょにこなかったのかなあ」

しばらくして、相原がぽつりとつぶやいた。

「おれ、なんべんもいっしょに逃げようって言ったんだけど、木下はうんって言わなかったんだ」

「なんて言ったんだ？」

「どうせ長くないんだから、逃げてもしかたない。みんなによろしくってさ」

英治は、そこまで言うと声がつまって、最後にさよならって言ったことを、どうしても言えなくなった。

バスの中がしんとなった。

「木下は決してわるいやつじゃない。洗脳されて、自分のやっていることがわからなかったんだ。しかし、こんやはもとの木下にもどって、おれたちに協力してくれたんだ」

矢場がいつになくしんみりと言った。

「だけど、もしみんなが助けにきてくれなかったら、おれたちどうなっちゃったのかな」

宇野が言った。

「アメリカにつれて行かれて。それから……」

「ロケットで宇宙に射《う》ちあげられたかもな。それとも……」

「いけにえにされたかもしれねえぜ」

「やめてくれよ」

宇野は、いまになってふるえだした。

「みんな、家に帰ったらなんて言う？」

相原がみんなの顔を見まわした。

「ほんとのことを言うさ。なぁ」

宇野と安永が顔を見合わせた。

「ほんとうのことを言っても、きっと信じないと思うぜ」

「どうして？」

「どの親も、おれたちが狼少年ごっこをやってると思ってんだ。いくら、これはほんとうだって言っても、またまたって言うに決まってるさ」

「おとなって、頭が固いからねえ」

久美子がしみじみと言った。

「おとなんかに信じてもらうより、おれたちだけの秘密にしといたほうがおもしろいぜ」

天野が言った。

「そうだな。じゃあ、隠れん坊してたって言おうか。そう言えばきっと信じるぜ」

立石につづいてひとみが、

「そうしようよ」

と言った。

「じゃあそういうことにしておこうぜ、反対する者いたら言ってくれ」

反対する者はだれもいない。

「矢場さん、あの教団の連中これからどうすると思いますか？」

相原が質問した。

「安永と宇野を監禁していたことがばれてはまずいことになるから、はやばやと日本を引き払うんじゃないかな」

「そうすると、どうなるんですか？」

「アルラという神を信じた教団の存在がなくなるんだ」

「じゃあ、矢場さんドキュメンタリーつくれないじゃないですか？」

「まあ、そういうことになるな」

「かわいそう」

純子が同情した。

「こういうこともあるさ」

矢場は、助手席で前を向いたまま、淡々と言った。

「矢場さんのことは一生忘れないよ」

ひとみが言った。

「それだけ聞けば、言うことはないな。みんないつまでも、いい友だちでいろよ」

英治は相原の顔を見た。相原がにっこり笑った。

「友を救うためならば、親もセン公もだまします」

天野が言うと、柿沼が、

「あッという間の一年でした」

節をつけて言った。

「二年になっても、またみんなでやろうぜ」

英治が言うと、みんなが、「やろうぜ」と応じた。

本書は一九八九年四月、角川文庫として
刊行されました。改版にあたり、著者の
校訂を経て、文字を大きくいたしました。

ぼくらの大冒険《だいぼうけん》

宗田《そうだ》 理《おさむ》

平成元年 4月10日　初版発行
平成15年 9月5日　旧版46版発行
平成26年 8月25日　改版初版発行

発行者●堀内大示

発行所●株式会社KADOKAWA
〒102-8177　東京都千代田区富士見2-13-3
電話 03-3238-8521（営業）
http://www.kadokawa.co.jp/

編集●角川書店
〒102-8078　東京都千代田区富士見1-8-19
電話 03-3238-8555（編集部）

角川文庫 18713

印刷所●旭印刷株式会社　製本所●株式会社ビルディング・ブックセンター

表紙画●和田三造

ISBN978-4-04-101619-0　C0193

角川文庫発刊に際して

角川源義

第二次世界大戦の敗北は、軍事力の敗北であった以上に、私たちの若い文化力の敗退であった。私たちの文化が戦争に対して如何に無力であり、単なるあだ花に過ぎなかったかを、私たちは身を以て体験し痛感した。西洋近代文化の摂取にとって、明治以後八十年の歳月は決して短かすぎたとは言えない。にもかかわらず、近代文化の伝統を確立し、自由な批判と柔軟な良識に富む文化層として自らを形成することに私たちは失敗して来た。そしてこれは、各層への文化の普及滲透を任務とする出版人の責任でもあった。

一九四五年以来、私たちは再び振出しに戻り、第一歩から踏み出すことを余儀なくされた。これは大きな不幸ではあるが、反面、これまでの混沌・未熟・歪曲の中にあった我が国の文化に秩序と確たる基礎を齎らすためには絶好の機会でもある。角川書店は、このような祖国の文化的危機にあたり、微力をも顧みず再建の礎石たるべき抱負と決意とをもって出発したが、ここに創立以来の念願を果すべく角川文庫を発刊する。これまで刊行されたあらゆる全集叢書文庫類の長所と短所とを検討し、古今東西の不朽の典籍を、良心的編集のもとに、廉価に、そして書架にふさわしい美本として、多くのひとびとに提供しようとする。しかし私たちは徒らに百科全書的な知識のジレッタントを作ることを目的とせず、あくまで祖国の文化に秩序と再建への道を示し、この文庫を角川書店の栄ある事業として、今後永久に継続発展せしめ、学芸と教養との殿堂として大成せんことを期したい。多くの読書子の愛情ある忠言と支持とによって、この希望と抱負とを完遂せしめられんことを願う。

一九四九年五月三日

角川文庫ベストセラー

ぼくらの七日間戦争　宗田理

明日から夏休みというある日。東京の下町にある中学校の一年二組の男子生徒全員が、無人化した工場に立てこもった。大人の言いなりになるな！　子供たちの叛乱がはじまった——。ぼくらシリーズ最高傑作。

ぼくらの天使ゲーム　宗田理

夏休みに「ぼくらの七日間戦争」を戦って大人たちを翻弄した旧一年二組の面々は、二学期の到来とともに、またも活動開始！　中学の先輩、美奈子が校舎の屋上からとびおりた。自殺か、他殺か——？

問題児は救世主!?　宗田理

つつじ台中学に転入したばかりの純也が、自宅マンションから飛び降りた。直前、級友のケータイには純也からの遺書メールが。クラス一の問題児・朗が「これは殺人だ」と言い張り真相究明に乗り出した！

ぼくらとスーパーマウスJの冒険　宗田理

人間並みの頭脳を持つスーパーマウスJこと次郎吉。携帯電話を使って人と会話できるねずみが、ぼくらの町おこしに乗り出した！　都会でいじめられ町へやってきた少年とともに、楽園「そうだ村」を目指す！

きみが見つける物語
十代のための新名作　スクール編

編／角川文庫編集部

小説には、毎日を輝かせる鍵がある。読者と選んだ好評アンソロジーシリーズ。スクール編には、あさのあつこ、恩田陸、加納朋子、北村薫、豊島ミホ、はやみねかおる、村上春樹の短編を収録。

角川文庫ベストセラー

きみが見つける物語 十代のための新名作 放課後編
編／角川文庫編集部

学校から一歩足を踏み出せば、そこには日常のささやかな謎や冒険が待ち受けている——。読者と選んだ好評アンソロジーシリーズ。放課後編には、浅田次郎、石田衣良、橋本紡、星新一、宮部みゆきの短編を収録。

きみが見つける物語 十代のための新名作 休日編
編／角川文庫編集部

とびっきりの解放感で校門を飛び出す。この瞬間は嫌なこともすべて忘れて……読者と選んだ好評アンソロジーシリーズ。休日編には角田光代、恒川光太郎、万城目学、森絵都、米澤穂信の傑作短編を収録。

きみが見つける物語 十代のための新名作 友情編
編／角川文庫編集部

ちょっとしたきっかけで近づいたり、大嫌いになったり。友達、親友、ライバル——。読者と選んだ好評アンソロジー。友情編には、坂木司、佐藤多佳子、重松清、朱川湊人、よしもとばななの傑作短編を収録。

きみが見つける物語 十代のための新名作 恋愛編
編／角川文庫編集部

はじめて味わう胸の高鳴り、つないだ手。甘くて苦かった初恋——。読者と選んだ好評アンソロジーシリーズ。恋愛編には、有川浩、乙一、梨屋アリエ、東野圭吾、山田悠介の傑作短編を収録。

きみが見つける物語 十代のための新名作 こわ〜い話編
編／角川文庫編集部

放課後誰もいなくなった教室、夜中の肝試し。都市伝説や怪談——。読者と選んだ好評アンソロジーシリーズ。こわ〜い話編には、赤川次郎、江戸川乱歩、乙一、雀野日名子、高橋克彦、山田悠介の短編を収録。

角川文庫ベストセラー

きみが見つける物語　十代のための新名作　不思議な話編
編／角川文庫編集部

いつもの通学路にも、寄り道先の本屋さんにも、見渡してみればきっと不思議が隠れてる。読者と選んだ好評アンソロジー。不思議な話編には、いしいしんじ、大崎梢、宗田理、筒井康隆、三崎亜記の傑作短編を収録。

きみが見つける物語　十代のための新名作　切ない話編
編／角川文庫編集部

たとえば誰かを好きになったとき。心が締めつけられるように痛むのはどうして？　読者と選んだ好評アンソロジー。切ない話編には、小川洋子、荻原浩、加納朋子、川島誠、志賀直哉、山本幸久の傑作短編を収録。

きみが見つける物語　十代のための新名作　オトナの話編
編／角川文庫編集部

大人になったきみの姿がきっとみつかる、がんばる大人の物語。読者と選んだ好評アンソロジーシリーズ。オトナの話編には、大崎善生、奥田英朗、原田宗典、森絵都、山本文緒の傑作短編を収録。

きみが見つける物語　十代のための新名作　運命の出会い編
編／角川文庫編集部

部活、恋愛、友達、宝物、出逢いと別れ……少年少女小説の名手たちが綴った短編青春小説6編を集めた、極上のアンソロジー。あさのあつこ、魚住直子、角田光代、笹生陽子、森絵都、椰月美智子の作品を収録。

不思議の扉　時をかける恋
編／大森　望

不思議な味わいの作品を集めたアンソロジー。ひとたび眠るといつ目覚めるかわからない彼女との一瞬の再会を待つ恋……梶尾真治、恩田陸、乙一、貴子潤一郎、太宰治、ジャック・フィニィの傑作短編を収録。

角川文庫ベストセラー

不思議の扉 時間がいっぱい
編／大森 望

同じ時間が何度も繰り返すとしたら？ 時間を超えて追いかけてくる女がいたら？ 筒井康隆、大槻ケンヂ、牧野修、谷川流、星新一、大井三重子、フィッツジェラルド描く、時間にまつわる奇想天外な物語！

不思議の扉 ありえない恋
編／大森 望

庭のサルスベリが恋したり、愛する妻が鳥になったり、腕だけに愛情を寄せたり。梨木香歩、椎名誠、川上弘美、シオドア・スタージョン、三崎亜記、小林泰三、万城目学、川端康成が、究極の愛に挑む！

不思議の扉 午後の教室
編／大森 望

学校には不思議な話がつまっています。湊かなえ、古橋秀之、森見登美彦、有川浩、小松左京、平山夢明、ジョー・ヒル、芥川龍之介……人気作家たちの書籍初収録作や不朽の名作を含む短編小説集！

謎の放課後 学校のミステリー
編／大森 望

いつもの放課後にも、年に一度の学園祭にも、仲間と過ごす部活にも。学生たちの日常には、いろんな謎があふれてる。はやみねかおる、東川篤哉、米澤穂信、初野晴、恒川光太郎が描く名作短編を収録。

セブンティーン・ガールズ
編／北上次郎

稀代の読書家・北上次郎が思春期後期女子が主人公の小説を厳選。大島真寿美、豊島ミホ、中田永一、宮下奈都、森絵都の作品を集めた青春小説アンソロジー。